GÜNTER DIESEL

DIE BERSCHBESCHDEIJUNG

De Backes Heinz uff'm Mount Maybach

(Die Bergbesteigung)
(Heinz Backes auf dem Mount Maybach)

Vàzehld uff' Saarlännisch, em Heinz seinà Schbròòch

Anmergung:
Solld jemand genau so heische wie die Leid ìn demm Buch dò, dann ìss das reinà Zufall.
Awwà mansche Ortsname senn faschd so wie die wo's doch gäbbd.

DIE BERSCHBESCHDEIJUNG

Autor: Günter Diesel:

1. Auflage, Oktober 2021
Herstellung und Verlag:
BoD – Books on Demand,
Norderstedt, Germany
Umschlag-Gestaltung: Der Autor
ISBN 9 783754 398531

Autoren-Kontakt: g.diesel@web.de

„Mount Maybach"
49° 18' 56'' N / 7° 4' 2'' E

Inhalt
Abschnitt   Seite

Unnàwäächs me'm
Backes Heinz

Der Berschschdeijà

Der Backes Heinz war Berschmann.

Er ìss em Schadde vunn e'nem Förderturm uff die Welt kòmm, unn zwar em Haus vunn sei'm Oba, em Wohnzimmà uff'em Sofa. Das war ìn dà Gruuwesiedlung vunn Hinnàdal. Medd vier Jòhr ìss'à en de Kinnàgaade, oddà bessà gesaad, ìn die „Schbielschul" gang.

Nòh dà Volksschul hodd'à, wie die meischde seinà Aldàsgenosse, e Lehr als Hauer em Berschbau aangefang. Das bedeid, ab sei'm 14. Lääwensensjòhr ìss'à jede Daach 800 Medà dief ìn die Gruub engefahr unn hadd „Kolle gemachd".

Kòrz nòhdemm er dann Hauer wòr ìss, hann se'ne zur Bundeswehr engezòh. Das war die äänzisch Unnàbreschung ìn seim Berschmannslääwe. Er war bei de Pioniere unn war geschiggd em Umgang medd schwäärem Gerääd. Dòfir hodd de Spieß 'ne aach heifisch geloobd.

De Heinz ìss beim Milidär als Owwàgefreidà abgang unn hodd uff dà Gruub weddà aangefang. Jòhrelang hadd'à em heiße unn schdaawische Kolleflöz geblòzd. Unne, vòr Ort, em dungele Schdreeb, war vumm Heinz oft nur das Weiße ìn seine Aue ze siehn.

5

Wenn er nòh dà Schischd ausgefahr ìss, hadd'em schwarzà Kolleschdaab em Gesicht geklääbd. Damedd er iwwà Daach nedd medd schwarze Aue-Rändà. rum geloff ìss, mussd der ìn dà Wäschkau sei Aue medd Sääf wäsche. nòh'm Brause hadd mà ìn seim bleische Gesischd aach deitlische blaue Naawe gesiehn. Das ware die Schbure, vunn denne Brogge, die ihm aus'em „Hangende" (Stollendecke) ìn's Gesischd runnàgefall senn. Der Heinz war e kräfdischà Kerl. Em Berschmannsvàein hodd er zesamme medd seine Kumbels sei eichenes Haus gebaut. Nadierlisch aach e Haaseschdall unn e Dauweschlaach unn noch e Schdall fir sei Hingele.

Sei Famillje
De Heinz war vàheirad medd'em Ilse. Sei Muddà Klara hodd nedd weid wägg, uff dà annà Seid vunn ihr'm Dorf gewohnd. De Heinz unn 's Ilse hann drei Kinnà gehadd. Es Sonja, es Tina unn noch de klääne Mark. Es Sonja, das äldàre Määde (20), war wehje: „Der Spießigkeit meiner Eltern", schònn frieh ausgezòh. 'S Tina (14) ìss noch en die Schul gang. Die war medd ihre Freindinne, 'em Babs unn 'em Kim, iwwà Face book schdark vànetzd. Dann hann'se noch de klään Mark gehadd. Der war vill schbädà als die Määde uff die Weld kòmm. Er war graad acht Jòhr, wie die Tour uff de „Mount Maybach" losgang ìss.

Der Klään hadd bei de Schielà vumm Fußballvàein SV Hellas als Dormann geschbield. Die Backesse hann aach e Franzeesische Bulldogge medd demm Name Schnauzi gehadd, dòzu noch siwwe Schdallhaase, e Dutzend Dauwe unn e paar Hingele. Jetzt awwà nommòl zum Familljevaddà Heinz.

Nòh Jòhre em Schacht hadd de Heinz, wie schònn sei Großvaddà, sei Vaddà unn faschd all sei Kamerade, e Schdaablung (*Berufskrankheit Silikose*) grìdd. Obwohl de Heinz wehje demm Geschdäänsschdaab uff seinà Lung kaum noch Luft grìdd hodd, hadd'à doch em Sankt Barbara Kärje-Chor gesung. Er war Mìdglied vumm Angelschbordvàein unn akdiev bei dà Feijàwehr. Wie schbädà sei Sohn, hodd er aach als jungà Mann Fußball bei dà Hellas geschbield. Wenn er aach frieh selbschd wehje der Luft nemme schbiele konnd, feijàde er awwà jede Sunndaach uff'm Schbordplatz sei Hellas kräfdisch aan. Ansonschde hadd er dääschlisch sei drei Bier gedrunk unn dezu Lyoner medd Weck en dà Berschmanns-Kaffeekisch gäss. Unn äänmòl en dà Wòch hadd er medd dà Famillje unn seine Freinde geschwenkd.

Nòh dà Schischd hodd'à schdunnelang em Dauweschlaach gesetzd. Dòmedd ìss der rothòòrische Heinz aach dà Sonn aus'em Wäj gang. Der hädd nämlisch drauße schnell e Sunnebrand gridd.

Obwohl's, bei der Aawed ìn seim Gaade dòzu kaum kòmme konnd. Weil sei Gaade em Schadde vunn'rà hooh Berjehall – sei'm „Mount Maybach" – gelääh hadd. Em Schadde vunn demm Berschschdock senn sogar die Gellàriewe fà sei Haasen blass geblieb!

Es Ilse, sei Fraa, hädd sich schònn mòl gäre em Gaade gebräund, awwà bei der schbärlisch Sonn hädd'se dòzu drei Sommàperiode an äänem hann misse. Zum Braunwerre ìss die medd ihre Freindinne ìn's Schwimmbad gang. Medd denne hadd'se sisch aach zum Walking gedroff unn ìss dòhnòh medd'ne ìn's Café „Tortengenuss" gang.

Schischd em Schachd
Wenn de Heinz vumm schdännische Gequassele vunn seinà Fraa genuch hodd, hadd'à sisch zum Angele vàdriggd, oddà hadd sisch vòr sei Haaseschdall gesetzd unn Kautabak gekaud. Er war fleißisch, bescheide, zufriede unn gottgläubisch, awwà nedd fromm. Beim Ilse war das annàschd. Die ìss reschelmäßisch en die Friehmess unn aach Beischde gang.

Soweid war alles ìn Ordnung bei Backes'e, nur – de Heinz hädd beschdimmd mòl e Urlaab vàdiend gehadd. Er wolld sisch am Middelmeer oddà ìn de Alpe mòl aus-schpanne. Am liebschde wär'à mòl uff de Watzmann gang. Dòvòn hadd de Heinz schònn seid seinà Juchend gedräämd.

Doch sei Fraa saad: „Am Meer oddà ìn dà Berje känne nur die Fahrschdeijà Urlaub mache. Mir hann dòdezu känn Geld. Wenn du meh Sonn- unn Feijàdaachsschichde mache däädschd, kännd unsà Geld villeischd dezu reische."

Ihr Mann gäbbd klään bei: „Das Middelmeer muss'es jò garnedd senn. E Familljeurlaab am Watzmann dääds aach duun." Damedd er das endlisch mòl vàwerrglische kännd, hädd er sogar gäre an Sonn - unn Feijàdaache Knubbe (Überstunden) gemachd. Dann wär das needische Geld ball zesammekòmm. Awwà wer hädd ìn seinà Urlaabszeit die Haase, Dauwe und die Hiehnà gefiddàd? Es wär nìmmand dògeween! Aussà dà Oma Klara, awwà die war zu alt, unn die wohnd jò aach zu weid wägg, als dass'e jede Daach zu Fuß zum Fiddàre hädd kòmme känne. Außàdemm hodd die ab unn zu schònn Aussetzà. Also ìss der Watzmann fà de Heinz e „Mount Nicht-kann" geblieb.

Dann ìss die Zeit kòmm, en der die Kolle, die er unn sei Kumpels gemachd hann, zu deijà gänn ìss. Medd der Kohle, die aus China unn sogar aus Ausdralie kòmm ìss, konnd'em Heinz sei Kolle preislich nemmeh meddhalle. Sei Gruub ìss dischd gemacht wòr. Die Gruub, bei der er seid er verrzeh war geschafft hodd, war fà ìmmà zu! Der Berschbaukonzern saad zu ihm ìn 'rà annà Gruub, kännd er nei enfahre.

Der Schacht war awwà 300 Kilomedà weid wägg! Was solld'n de Heinz jetzd mache? Sei Haus vàkaafe unn medd Fraa, Kinnà, Hund unn Haase wäggziehje? Soll er all sei Kumbele, de Schbortvàein unn de Anglàvàein em Schdisch losse? Solld er irjendwo hinn, wo die Leid sei Schbròòch nedd vàschdehn? Dòrdhinn, wo's noch nedd mòl rischdischà Lyonà oddà Bròòdgrumbiere gäbbd?

Die vunn der Berschbaugesellschaft hodde ihm aach aangebodd, en seim Haus wohne ze bleiwe unn Wochenendpendlà ze gänn. Das dääd sisch fà ihne sogar finanziell lohne. Er grääd dann jò Trennungszulache unn e Ausleesung. Annàràseids kännd er aach gäre medd'rà Abfindung en Friehrende gehn.

De Heinz wussd nedd was er mache soll. Er fròhd sisch: „Geheer isch dann schònn zum alde Eise?" Also schwätzd'à mòl m'em Ilse iwwà die Sach. 'S Ilse saad: „Isch hädd känn Broblem demedd, wenn du nur am Wòcheänn dehemm wärschd. Isch käm iwwà die Wòch aach gudd ohne disch zereschd. Schließlisch hodd isch die Kinnà aach ohne disch uffgezòh. Du warschd jò ìmmà uff dà Schischd. Unn denòh warschd du so gudd wie nie dehemm. Endweedà haschd'e am Haus geschaffd oddà am Haaseschdall gebaud. Wie oft warschd du zum Angele wägg? Warschd beim Dauwe-zuchtvàein oddà beim Fußball? Geh nur! Mach das medd dem Wochenendpendlà ruhisch. Isch schaff das hie aach alään."

„Unn die Trennungszulache zesamme medd der Ausleesung kännde mir gudd gebrauche." Dann mennd se noch: „Disch als Rendnà schdännisch um misch rum zu hann, das hall isch sowieso nedd aus." Jetzt hadd's em Heinz awwà gereischd: „Aha, das Geld ìss dir liewà als dei Mann! Isch hann lang genuch die Knoche hinngehall unn hann Silikose gridd. Isch fahre nemmeh ìn! De Meier Erich hadd aach die Abfindung geholl unn ìss hie geblieb. Medd'em Erich kännd isch jede Daach schbaziere gehn. Dann wär isch dir aach aus de Fieß. Unn Wannàre dääd meinà Lung gudd duun." „Ja, ja, **du** unn wandern! Ihr zwä dääde doch nur bis zu der Hidd vumm Angelschbordvàein kòmme. Dort dääde ihr doch nur de ganze Daach rumsitze unn Flaschebier drinke." De Heinz hodd nìmmeh längà medd seinà Fraa dischbedierd. Er hadd äänfach sei läddschd Schischd gemachd, hadd die Abfindung geholl unn ìss Friehrendnà wòr. Zenägschd hodd'à nedd gewusst, was'à medd sovill Zeit aanfange soll. Schdännisch ìss'à'm Ilse ìn dà Fieß rumgeloff. 'S Ilse denkd manschmòl: „Was war das scheen als der noch Middaach- oder Naachd-Schischd hodd!"
So hadd sisch's ergäbb, dass Backes'e noch de Mark gridd hann. Der war sozesaan e Ergebnis der Frihrendnàlangeweil vumm Heinz. Dòhbei war's Ilse schònn e Schpädgebärende. Sie ìss als „Oma-Mutter" denne „Jungmütter" aus'em Wäj gang.

11

'S hodd sogar draan gedenkd, denne sexuelle Lapsus ze beischde. Schließlisch war sie jò schònn weid iwwà 40! Ab dò ìss'e emmà lang vòr'm Heinz ìn's Bedd gang. Sie hadd aach was degehje gehadd, wenn de Heinz nommò nixnutzisch en ihrà Kisch rumgeloff ìss. Offd saad se. „Wann gehsch'n endlisch nommò angele, oddà gehschd medd'em Meier wannare?"

De Heinz hodd en so'nem Fall gewussd, was die Uhr geschlaa hadd. Er hadd e Bòòhe um die Kisch gemachd unn ìss ìn de Kellà was knaube gang. Schbädà hadd'à bis en die Naachd ìn allemeeschlische Fern-sehpro-gramme Fußball geguggd, unn ìss weid nòh'm Ilse ìn's Bedd gang. Unn wenn er mòl gesaad hadd: „Isch gehn Wannàre!" Oddà: „ Isch gehn mòl fà e Bier ìn die Hitt vumm Angelvàein", hadd sei Ilse 'ne reeschelmäßisch en de Gaade abkommandiert fà's Gras ze mähje unn die Hägge ze schneide.

Wenn's so kòmm ìss, dann hadd er sisch vill Zeit fà die Aawed gelossd. 'S Ilse hadd dann als aus'm Fennschdà geruuf: „Mà kännd graad denke du häddschd dei Bedd em Gaade gemachd, so lang dauàd das bisschen Gaadeaawed bei dir! Du musschd doch noch es Trottwar kehre unn Altmatrial wägg-bringe. Kännschd aach mòl dei Bierkäschde selwà rannschaffe."

12

Haase am Watzmann

Nòhjà, de Heinz hadd's vàschdann Ent-schbannungspause em Ilse sei Uffdrääsch enzebaue. Offd hadd'à als mòl längàre Pause bei seine Haase engeleed. Dann hadd'à seeleruhisch vòr'm Haaseschdall gesetzd unn nòh aldà Gewohnhääd Kautabak gepriemte. So war's aach, als er druff gewaad hodd, daß sei Rammlà Eberhard endlisch der Hääsin Schnuggi die Sache medd demm Haasenòh-wuchs besorsche wolld. De Eberhard war e "Belgischer Riese", medd vill Ausdauà. Derweil ìss 'em Heinz sei Blick als mòl hoch zur Schbitz vunn demm Bersch nääwedraan gang. Er hodd sisch jò emmà fà Berje intressierd unn hadd em Fernsehn Bersch-filme geguggd. Dòdòrsch aangereeschd, hodd er die Berjehall nääwedraan aach „Mount Maybach" gedaafd. Grad so als wenn's e Bersch em Himalaja gewehn wär. Awwà uff dà Himalaiaberje schdehn jò buddhistische Fäänschà, uff sei'm „Mount Maybach" hadd degehje e rischdisches Gibbelkreiz geschdann! Wie uff'em Watzmann, uff denn er ìmmà wold!

Em Treiwe hodd de Heinz jò nie genauà nòh demm Bersch geguggd, doch jetzd, beim Waade uff die Sach em Haaseschdall, hodd'à Zeit dezu. Er guggd e Zeidlang unn plötzlisch hann'em die Aue ze leischde aangefang. Freidisch schbringd'à uff unn schbautzd de Kautabak aus.

Der braune Prim schbritzd en Rischdung Haaseschdall unn ìss em Dròhd vumm Vàschlaach hänge geblieb! De Eberhard schdobbd vòr Schreck das Rammele, machd e Satz nòh vorre, donnàd medd'em Kobb gehje die Schdallwand unn falld vòr'm Schnuggi ìn's Schdroh! Normalàweis hädd de Heinz soford nòhgeguggd ob der Chef em Schdall sisch vàletzd hädd, doch nedd ìn demm Moment! De Heinz hodd nuà Aue fà das Gibbelkreiz uff seim „Mount Maybach".

Soford hadd'à e prima Idee gridd. Wenn er schònn nedd uff de Watzmann kòmmd, kännd er doch mòl e Berschbeschdeijung uff die Berjehall nääwedraan mache! Unn zwar änni medd gesischàdà Haasevàsorschung unn ohne Vàzischd uff sei däächlischi Dauwefluch-Beobachdunge. Unn dò hadd'à doch grad sogar Schbass an demm Bersch gridd, en demm sei'm Schadde die Gellàriewe fà sei Haase so schleschd gang senn.

„Mensch, owwe vumm Kreiz aus hadd mà sischà e guddi Aussischd. Dò mòl hoch ze kläddàre ìss beschdimmd e Erlebnis", saad'à leise – zu de Haase. Unn medd: „Òh jäh, de Eberhard!", war Schluss medd der Schbin-nàrei. Ohne Reeschung hodd der belgische Bock em Schdroh geläh! Haschdisch machd de Heinz die Schdalldir uff fà nòh demm Dier ze gugge.

Als die Dir uff war, machd doch das Schnucki e Satz en die Freihääd!

14

Em Zickzack hobbsd's dòrsch de Gaade, lossd die Gellàriewe links leihje, sausd zwische de Kabbeskäbb dòrsch unn vàhäddàd sisch am Änn ìn de Ranke vunn de Schdangebohne.

De Heinz lossd de Eberhard links leije unn ìss sofort uff Haasejachd gang. Als er's Schnuggi em Bohnedickichd schnabbe wolld, hadd's sisch geduggd unn ìss ìn's Rämschbeed (Mangoldbeet) abgehau. Ohne Riggsischd uff das Gemies ìss de Heinz hinnàhär geschdollbàd.

E energischà Ruuf hadd de Heinz geschdobbd. 'S Ilse ruufd aus'm Kischefenschdà: „Schbinnschd du! Du vàtrambelschd mir jò de ganze Rämsch! Unn das nur wehje demm alde Karniggel, das noch nie gewòrf hadd."

„Jò, awwà heid hädd's beschdimmd geklabbd, wenn de Eberhard nedd ohnmäschdisch wòr wär." „Dann kimmà disch um denne Rammlà unn loss die daab Nuss laafe!" „Wenn isch se nedd enfange, schnabbd de Fuchs sisch noch das Dier. Der hadd uns 's lätschd eerschd zwä Hingele geholl." „Soll'à doch! Vill schlimmà ìss, dass du grad mei Gemies meh vàdrambelschd als lätschd Jòhr die Wildsei."

„Es geht um meine Zuchthäsin!", bròdeschdierd de Heinz, „Rämsch kannsch'e aach uff'm Markt kaafe."

„Mann! Jetzt mach die Schdalldir zu, sònschd haut de Eberhard aach noch ab. Unn dann kòmm rinn, wenn de dei geliebd Sportschau nedd vàpasse willschd."

15

Die Sportschau ìss 'em Heinz nadierlisch vòr allem Annàre gang.

Dò hodd er's Schnuggi ihrem Schicksal iwwàloss. Ìnsgeheim hoffd'à awwà, dass die Häsin vunn selwà weddà zum Schdall zerigg finnd. Es kännd jò doch senn, dass'e e bissche am Eberhard hängd.

Das Schicksal vumm Eberhard hodd'ne dann awwà doch nedd kald geloss. Er ìss zum Schdall gang unn siehd dass der Rammlà, als wär nix gewehn, em Hei sitzd unn an 'rà Gellàrieb knabbadd. De Heinz war gligglisch, hadd de Vàschlaach zugemachd unn e paar Gellàriewe als Lockmiddel vòr de Schdall uff de Boddem. gelehd. Soll's Schnuggi nedd an 'em Eberhard intressierd senn, dann doch villeischd an dà Gellàriewe, hadd'à gehofft unn ìss ìn's Haus.

Das Gebòrtsdaachsgeschenk

De Heinz hadd sisch uff's *Chaise longue* (Sofa) gehjeiwwà'm Fernsehjà gesetzd. Zur Vàwunnàrung vumm Ilse machd'à denne Kaschde awwà nedd aan, obwohl'à wussd, dass das Derby-Spiel vunn seim FCS gehje de SVB iwwàdraa werrd. Schdaddesse saad er freidisch: „Ilse, es gehd aufwärts!" Sie guggd 'ne vàschdännischslos aan, unn saad: „Mennschd du medd'em FC? Waad mòl ab, die nommò nedd." Er wolld graad: „Du vàschdehschd doch vumm Fußball so vill wie vunn dà Haasezuchd" saan, hadd sisch's awwà vàbiss.

16

'S wär jetzd nedd gudd gewehn 's Ilse medd sowas ze vàbäägse.

Er hodd nämlisch was vòr, fir das er ihr Zuschdimmung gebrauchd hadd. Medd: „Demnägschd, em Friehjòhr, wenn du Gebòrtsdaach haschd unn 's Weddà gudd ìss, mache mir e Berschtour", wolld er doch seinà Fraa e außàgeweenlisches Geschenk mache.

Es Ilse war baff: „Wie – rischdisch uff e Bersch?" „Jawoll! Unn zwar hoch bis ans Gibbelkreiz!" „Nää! Mach känn Quatsch. Das ìss awwà mòl e Iwwàraschung! – Ach – isch hann jò garnix Rischdisches zum Aanziehje. Dò muss isch mir awwà vòrhär noch schnell was Neijes kaafe." „Das ìss nedd needisch. Du haschd doch die Schränk voll Zeischs. Unn fà die Tour ìss beschdimmd was Passendes debei. Brauchschd aach känn Berschschuh ze kaafe. Du kannschd die alde Wannàschuh vunn Oma Klara aanziehje. Isch werre mei alde Aawedsschuh jò aach aanziehje.

Soford hadd sei Dochdà Tina 'ne unnàbròch: „Unn wer kimmàd sisch um die Dauwe unn die Karniggel wenn'à wägg senn? Isch jedefalls nedd! Wenn ihr ìn die Berje fahre, dann gehn isch solang bei die Oma."

„Du gehschd garnix! Wenn isch deinà Muddà medd'nem Familljeausfluch e lang ersehndà Wunsch erfille, dann kòmmschd du medd. Bassda!" 'S Ilse fròhd: „Awwà Heinz, du haschd doch emmà gesaad, wehje de Haase kännde mir nedd daachelang wäggbleiwe.

Unn jetzt geht's doch?" „Sischà, das medd denne Diere ìss känn Problem.

Das Viehzeisch kann mà jò mòl zwä Schdunne alään losse." 'S Ilse hadd die Auebraun zesamme gezòh: „Wie – zwä Schdunne? Wenn mir schònn mòl zum Watzmann en Urlaub fahre, dann kannschd du doch nedd jede Daach zum Haasefiddàre hemm fahre! Fà ääni Fahrd brauchd mà doch schònn meeh als zwä Schdunne. Unn dann noch dääschlisch hin unn her! Was denksch'en du was das kòschde dääd? Alään die Unnàkunfd am Watzmann ìss doch schònn deijà genuch! – Außàdemm basse mir die Schuh vumm Klara nedd! Isch muss mir neije kaafe." „Ach, es gäbbd ein „Watzmann" der ìss so nah, dass isch die Diere em Au behalle kann", klärt de Heinz uff. „Wie, ìn de Aue behalle? vumm Watzmann aus?" „Also, das ìss so: Mir mache ein ginsdischà Urlaub, ohne em Restaurant ze Esse unn ohne daß mir Trinkgeld gänn misse." „Willschd du etwa ìn 'e Imbissbuud esse gehn, wo mà känn Trinkgeld gänn muss?" „Mir schlòòfe aach nedd en fremde Bedde. Koche duschd du selwà unn Fahr-koschde falle känn aan."

Das medd: „Nedd ìn fremde Bedde schlòòfe", hodd's Ilse beschdimmd iwwàheerd, weil's nur uff das was er zum Esse gesaad hodd engang ìss. „Gudd, ìn 'rà Feerijewohnung kännd isch jò noch koche, awwà känn Fahrkoschde? Wie willsch'n du zu Fuß zu demm Bersch kòmme?"

18

„Isch bìnn doch noch gudd zu Fuß! Bis dort hinn schaffe isch das allemòl.

Nur beim Uffschdeije kännd mir mei Schdaablung ze schaffe mache." „Jetzd vàschdehn isch garnix meh!" „Ach Mama", saad's Tina, „De Babba wääß doch iwwàhaubd nedd, wie hoch de Watzmann ìss. Unn bis zum Gibbelkreiz hochkraxele, das dudd der doch nie schaffe! Isch bleiwe uff jede Fall dehemm. Dann kann isch mei Freindinne mò zu'rà geil Party enlaade. Mir werrd's ohne eisch schònn nedd langweilisch gänn." „Das kannsch'e dir abschminge! Du kòmmschd scheen medd unn de Mark aach", schdutzd de Heinz se zereschd. 'S Tina schdammpd m'em Fuß uff de Boddem unn guggd bròtzend zum Fennschdà raus. Ihr Muddà war ganz worres: „Jetzd sah mòl Heinz, was schwätzdsch'n du dò vunn: „Watzmann ganz nah"? Wenn's e „Watzmann" ìn uns'rà Näh gääb, dann missd isch denne doch schònn längschd gesiehn hann. Oddà hadd mir die Berjehall nääwedraan ìmmà die Sischd vàschberrd?" „Fraa, du saaschd's! Fir denne Bersch nääwe uns haschd du noch nie e Au gehadd. De „Mount Maybach" ìss unsà Ersatz-Watz-mann", uff denne wolld isch druff." „Was? Jetzt schbinnschd du awwà gewaldisch! Du willschd uff die Maybachà- Berjehall! – Awwà *nicht mit mir*!" Ihr Dochdà drähd sisch um unn vàkündet: „Medd mir **auch nicht**!"

Der klään Mark melld sisch freidisch: „Babba,
isch bìnn debei, unn wenn mir dann de Fuchs
siehn, der wo ìmmà unsà Hiehnà klaud,
dann vàhaue mir denne awwà."
Sei Muddà schdobbd ne: „Mark, du bleibschd
unne! Das ìss nix fà klääne Buuwe." „Isch
bìnn awwà schònn ìn dà Dridd Klass", wehrd
sisch der Klään. Sei Schwäschdà ruufd zefòrd:
„Au prima! Babba, wenn der Zwersch nedd
medd derf, dann gehn isch doch medd. Ganz
alään medd dir. Das wär geil! Vunn meinà
Klass war noch nìmmand uff'rà Berjehall.
Dann mach isch vunn owwe e Selvi unn
schigg's all meine Freindinne."
Das besorsche Ilse wolld ihr Dochdà käänes-
falls hoch losse: „Langsam, langsam. Uff die
Berjehall ze kläddàre ìss vill ze gefährlisch fir
disch. An manche Schdelle brennt die Hall
doch noch. Unn außàdemm lossd de Gruuwe-
hiedà eich garnedd druff." De Heinz saad
beruhischend: „Ach Ilse, de Gruuwehiedà, der
jetzd dord uffpassd, ìss Hassedeiwels Alwies.
Der war mò mei Padiemann. De Alwies
schaffd jetzd noch solang iwwà Daach, bis die
Umwidmung vunn der Berjehall abgeschloss
ìss. Medd demm komm isch klar." „Wie, du
kòmmschd klar?" „Ei der gridd e Roll
Kautabak, dann ìss alles klar." „Awwà die
Wildschweine, die dord rumlaafe, senn doch
gefährlisch?" „Fà die holl isch de Schnauzi
medd. Der dudd uns die Saue vumm Hals
halle."

„Ei guddà Vaddà", melld sisch's Tina, „E Keilà dudd denne klääne Hund doch medd äänem Schnauzeschlach medàweid dòrsch die Luft schleidàre."

'S Ilse ìss noch ganz außàsisch: „Vunn wehje „ein Urlaub in den Bergen" als Gebòrtsdaachsgeschenk! Dengschde! Schdadd dòfir: „Ein Familienausflug" uff e hunsgeweehnlischi Berjehall! Uff so e beglobbdi Idee kannschd jò nur du kòmme!"

E paa Minudde lang war's ruhisch en dà Kisch. 'S Ilse gehd zum Fennschdà unn guggd uff de „Mount Maybach". Ohne ihr Mann aan ze gugge saad's schnibbisch: „Vunn mir aus – mach's doch – du vàriggdà Kerl! Du machschd jò ìmmà was du willschd. Isch gehn jedefalls dò nedd hoch!" Dann drähd se sisch zum Heinz um, holld'ne am Hemd unn saad laut: „Unn die Kinnà gehn aach nedd medd! Punkd!" Dòhdruff hann die zwä Kinnà unn ihr Vaddà awwà promd prodeschdierd. Sogar de Schnauzi ìss kläffend dòrsch die Kisch geloff. Die Hausfraa gäbbd demm Hund m'em Fuß e Schubs unn kreischd 'ne gifdisch aan: „Hall's Maul du Schlabbàrà!" Die Kinnà hodde denne Hund mòl vunn ihr'm Vaddà geschenkt gridd. 'S Ilse war schònn ìmmà gehje denne Hund, weil der ihr schdännisch die ganz Kisch vàsawwàd. Vunn ihr aus dirfd e Keilà denne Hund ruhisch kald mache.

Fà e kòrzà Momend war wìddà Ruh ìn dà Kisch.

Dann fròhd de klään Mark: „Warum heischd unsà Hund eischendlisch Schnauzi? Der hadd doch garkänn rischdischi Schnauz. Der hadd doch nur zwä große Naaseläschà iwwàm Schlabbàmaul." „Unn medd denne große Ohre siehd der aus wie e Fläddàmaus", gäbbd sei Muddà noch dezu.

Nòh demm Familljeprodeschd hodd's Ilse zwä Daach lang kaum was geschwätzd. Die Enteu- schung dòdriwwà, dass ihr Gebòrdsdaachs- geschenk känn Alpeurlaub werrd, hadd'se zimmlisch sauà gemachd. De Kurt hadd sisch ruhisch gehall. Er ìss ìn de Kòllekellà an die Kischd gang, wo er sei alde Schaffkläädà rinngeleed hodd. Aus der kròmd'à sei alde Schaffschuh aus und draad se en die Kisch.

'S Ilse faucht 'ne aan: „Schdell die jò nedd dò ab! Die senn doch noch vollà Kòlledregg. Was willsch'n iwwàhaubd medd denne alde Dingà?" „Ei, uff – de – Bersch – gehen!" „Dann geh en die Wäschkisch unn schbihl de Dregg ab. Bis ihr uff denne bleede Bersch gehn, kannschd du die Dingà draußе uff de Ballkon schdelle."

Ansonschde hadd's Ilse sisch daab geschdelld, wenn ihr Heinz iwwà die Berschbeschdeijung geschwätzd hodd. Als der Daach nähjà kòmm ìss fà uff de Bersch se gehn, hadd Backes'e Ilse dann doch noch e paar Ròòdschläsch dezu abgäbb was die Drei am Bäschde aanziehje sollde. De Heinz hadd sich degehje gewehrd e Räänschärm meddzenemme.

Gehje sei Schaffschuh hadd's Ilse nix enzewänne gehadd. Die Schuh hodde jò vorre Schdahlkabbe unn die Sòhle ware medd Näschel beschla. Als sorjevoll Muddà saad se jedoch nommò, dass es Tina unne bleiwe soll.

Das Freilein hädd känn rischdische Schuh fà ze Kläddàre. Das Määde behaubd awwà: „Ìn meine Slippers kläddàre isch prima."

Ihr Vaddà mennd dass die Schlippà nix daue dääde. Die wäre nòh drei Minudde schònn kabudd. 'S Tina gäbbd schnippisch zur Antword: „Unn wenn? E Paar neije Schuh fà misch senn sowieso längschd fällisch. Wenn isch känn griehn, dann kaafe isch mà welsche vunn meim Taschegeld. Awwà Vaddà, medd so Klumbe wie du se aanziehje willschd, laafd doch heid känn Mensch meh rum."

Ihr Vaddà wehrd sisch: „Mei Schuh senn rischdisch gudd fà uff die Berjehall! Kòmm du mir nòhhär nur nedd unn sah, du häddschd schdännisch Schdään en de Schuh! Unn – mei lieb Fraa – isch saan dir, der Klääne gehd aach medd! Der kann sei Matschschdiwwele aanziehje." Dann guggd de Heinz aus'em Fennschdà nòh seim Bersch unn leed feschd: „Am Sunndaach gehje nein Uhr gehen mir los!"

Dòmedd war sei Fraa iwwàhaubd nedd envàschdann: „Das gehd käänesfalls! Die Kinnà misse doch en die Kinnà-Mess gehn."

Ihr Mann halld degehje: „'S Tina schwänzt sowieso ìmmà, unn der Klään kòmmd 'em

23

liewe Gott am Gibbelkreiz nähjà als uff'na Kerjebank. Alle zwä gehn medd! Schluss jetzd!" De Mark jubeld: „Hurra, prima!" Dann schnabbd'à sei Matschschdiwwele unn saad zu seinà Muddà: „Isch ziehje awwà känn Sunndachs-Kläädà aan!" Noch vòr seinà Muddà gridd der Klään die Antword vunn seim Vaddà: „Klar, Berschschdeijà Mark! Kannschd äbbes aanziehje, wo dräggisch werre kann." „Subbà!", jubelt der Klään.

Ìm Gehjesatz zum Mark seinà Freid iwwà dreggvàträglische Klamodde, wolld's Tina unbedingd ihr neije Leggins unn ihr figurbetondà Body aanziehje. Ihr Vaddà schiddelde de Kobb: „Mir gehn doch nedd en die Disko!"

'S Ilse ergänzd: „Tina, dò hadd dei Vaddà mòl Reschd. Medd demm gudde Zeisch kläddàd mà doch nedd ìm Drägg rum!" „Awwà mir mache doch Fotos unn dòdruff will isch ordendlisch aussiehn. Entwedà derf isch mei Body aanziehje, oddà isch gehn nedd medd!" Sei Muddà rudàd zerigg: „Nòjà Tina – Liewes – geh doch bessà medd. Isch denke es ìss gudd, wenn du debei bischd. Du wääschd, dei Vaddà ìss nìmmeh so kabiddelfeschd uff dà Bruschd unn wenn was ìss, dann kannschd du medd deim Handy Hilfe holle." „Ach so ìss das!", ruft's Tina, „Isch soll Altenbetreuung mache?" Ihr kläänà Brudà lachd: „Du brauchschd doch als Eerschdes Hilfe, weil du medd demm I-Phone en dà Hand beschdimmd gehje e Baam laafschd."

Druff schubst 's Tina ihr Brudà so hefdisch, dass der dòrsch die Kisch schdoll-bad, unn: „Aua, du bleedi Zicke", schreid.

Em Heinz reißt de Geduldsfaade: „Genn's jetzd soford medd demm Gezersch uff!"

„Ei die hadd doch aangefang." „Schdimmd doch nedd. Der hadd misch beleidischd."

„Himmel nochmòl! Schluss jetzd! Wenn mà e Berschbeschdeijung machd, muss mà sisch vàdraan, sònnschd kann mà sisch ìn'rà Notsiduatjon nedd uff denne annàre vàlosse. Wenn ihr zanke, bleiwe 'nà alle Zwä dehemm!", ermahn ihr Vaddà se.

„Heinz, alään gehschd du mir awwà aach nedd", sorschd sisch's Ilse. „Wenn du abschderzschd und dann daachelang ìm Krangehaus leihschd, wer soll'n dann hie alles medd denne Dauwe, Hingele unn Haase mache?" Sofort melld sisch's Tina: „Isch fiddàre uff jede Fall känn Hingele! Isch kann das vàlausde Feddàvieh nedd leide. Dò gehen isch doch liewà medd unn vàdraan misch medd demm Zwersch vunn Brudà." „Mamma, kannschd disch druff vàlosse, isch passe gudd uff, dass mei Schweschdà nedd schdännisch uff ihr I-Phone schdierd unn dòbei noch abschderzt", vàschbreschd de Mark seinà Muddà. Das Gezerre zwische Brudà unn Schweschdà ìss awwà weidà gang.

„Ja Brüderchen, unn unsà Vaddà dudd disch dann die ganz Zeit an dà Hand hochziehje, du kläänà Scheißà."

„Vàdammd, jetzt fange nà jò schònn wìddà aan. Gänn Ruh!", schdobbd se de Heinz, „Suche eijà Zeisch zesamme. Iwwàmorje geht's los. Unn du, Tina, du kannschd en Gottes Name dei Fummel aanziehje. Vàgess das Handy nedd, das ìss bei'rà Berschtour sinnvoll."

Samschdaachs ìss'es Ilse noch zwä Ringel Lyoner, drei Dobbelweck, zwä Flasche Bier, zwä O-Säfte unn Schweinsohr-Cracker, fà de Hund, kaafe gang. Selbschdvàschdännisch aach e Roll Drops, ganz so wie Ääs die Gutzjà friehjà ìmmà bei de Schulausfliesch meddgridd hodd. 'S Tina hadd ihre Freundinnen bekannd gäbb, dass se „ein großes Abenteuer" vòrhädd. Hadd awwà nedd vàròòd was'fà ääns. Unn de Mark hadd sei Schuulhefde medd Zeichnungen vunn Berje unn Kläddàrà voll gemòld.

Uff geht's

Sunndaachs, noch vòr'm Hochamt, ìss die Seilschafd uffgebròch. De Tourefiehrà Heinz packd die Vàfleeschung – die sei „lieb Ilse'che" enkaaft hodd – en de Ruggsagg. Dòzu vàschdaud'à noch sei medd Essischwassà gefilldes aldes Kaffeeblesch. „Was willschen medd demm Essischwassà?" fròhd's Ilse. Kòrz aangebunn saad ihr Mann: „Trinke!" „Das ziehd'à doch de Mund zesamme!", schdeehnd's Ilse.

De Heinz mennd: „Essischwassà hodd mei Muddà mir frihjá ìmmà ìn's Schwimmbad

26

meddgäbb. Das leschd de Dòrschd. Dòmedd kann mà aach Wunde desinfiziere unn Umschlääsch um vàschdauchde Knäschel mache." „Vàschdauchde Knäschel! Das dääd grad noch fähle. Passen nur uff, dass ihr nedd abschdärze oddà vunn 'rà Geröllawin meddgeriss gänn. Dord gäbbd's doch vill lose Schdään." „Mensch Ilse, unnà Daach bìnn isch jede Daach uff lose Kòllebrogge erumgetòrnd. Isch bìnn triddsischà! Unn aussàdemm zieh isch doch mei genachelde Schaffschuh, die Schienbäänschonà unn mei aldà Gruuwehelm aan." „Heinz, das kann dir jò reiche, awwà was ìss medd de Kinnà?" „Ei de Mark zieht anschdadd denne Gummischdiwwele sei Fußballschuh aan. Das ìss doch bessà, unn dezu noch sei Fahrradhelm."

Der Klään war begeischdadd unn ruufd: „Au geil. Medd Fußballschuh! Derf isch dann aach mei Ball meddnemme?"
„Brudà, was bischd du doof! Der Ball rollt dir doch beim eerschde Schuss bis ìn die

Schachtbach-Klamm e'runná!" „Was de Ball aangehd, dò hadd dei Schweschdà Recht", saad de Heinz unn zum Tina saad'à: „Anschdadd denne Schlippà däädschd du doch bessà Tòrnschuh oddà dei Schneeboots aanziehje. Äbbes fir de Kobb kännsch'de aach brauche. Gehje die Schdään wo runnà rolle kännsch'de was uffziehje. Am Bäschde die Kabb, wo dei Muddà sisch aus demm Fell vunn der lädschd Haaseschlachdung genähd hodd." „Awwà Vaddà, Schneeboots unn Haasefellkabb! Wie siehd'n das aus? Ìn denne Klamodde kännd isch doch kä ääziches Foto vunn mir an mei Freindinne poste! Außàdemm dääd isch misch ìn so'me Zeisch aach kabudd schwitze. Iwwrischens, uff deim Gebòrtsdaachs-Watzmann leid beschdìmmd känn Schnee. Dò kannschd du zu demm dampende Hiwwel ìn dà Maybach, noch so offd großschburisch „Mount" saan, medd Schnee ìss dò nix! Schneeboots aanzeziehje wär also de greeschde Quatsch." De Mark mennd: „Schweschdàsche, wenn de Babba saad Slipper wäre nix, dann senn die nix fà uff de Bersch. Wenn du die aanziehje willschd, dann muschd du unne bleiwe. De Babba gehd sowieso liewà medd mir alään ruff." 'S Tina keifd: „Du Minipixel, du haschd doch nòh zeh Medà schònn die Bux voll! Disch muss de Babba doch ìm Rucksack uff de Bersch draan!" „Bleedi Tuud", gäbbd der Buub zerigg. Em Heinz platzd grad weddà de

28

Kraache: „Mark – unn Tina, du aach, – zum läddschde Mòl, jetzd reischd's awwà werrglisch! Berschschdeije ìss känn Kinnàschbiel. Vàdraan eisch"

Was es Tina aanziehje wolld, das war fà ihr Vaddà ìmmà noch e Problem. „Ilse, saa du doch aach mò was!" „Isch saad jò gleisch, die Sache ìss nix fà junge Määde. Wenn's nòh mir gehd, dann soll das Määde unne bleiwe."

'S Tina wehrt sisch: „Mensch Mamma! Fraue kläddàre heidzedaachs sogar uff de Mount Everest. Unn was der Knirps dò kann, das kann isch schònn längschd! Awwà Vaddà, dir saan isch, dass mà ìn Slippers genausogudd wie en Tòrnschuh laafe kann."

Diggkäbbisch hadd 's ihr Sunndaachs-Slipper aangezòh unn hadd bròtzisch die Fellkabb vunn ihrà Muddà uff de Kopp gesetzd. Als de Mark se so gesiehn hodd, mussd'à laud lache: „Gell Babba, medd denne geile Slipper unn demm Haasefell uff'm Kopp siehd se aus wie e Trappà ìn dà Disko!"

'S war sunndaachs schònn nòh nein Uhr, als de Heinz saad: „Schnell, jetzd pagge eijà Kram zesamme, ìn zehn Minudde gehd's los. Unn siehn dass ihr alles debei hann."

Er holld sei Equipment-Zettel, lääsd 'ne dòrsch unn guggd dass'à das, was'à uffgeschrieb hodd, en sei Ruggsagg gridd.

Bei demm Zeisch fà uff de Bersch war aach Hansaplast unn e elasdischi Bind debei. Zum

Mark saad er: „Du ziehschd dei Rugg-
säggelsche aan, dord mache mir die 15- Medà-
Wäschelein e'rìnn." Dann ìss'à ìn die
Garaasch gang, um em Ilse sei Walking-
schdägge vunn dà Wand ze holle. Die wolld er
debei hann, wenn se mòl iwwà e gefährlischi
Passasch riwwà misse. Insbesonnàre
nadirlisch fà's Tina – medd denne leischde
Schlabbe. 'S Ilse mennd noch. „Hasch'de all
Proviand drin? Aach die Senftuub fà de
Lyoner nedd vàgess? Unn aach die
Schweinsohr-Cracker fà de Schnauzi nedd?
Dò, holl die Roll Drops aach medd."
Die Ruggsägg ware gepaggd unn all hodde ihr
individuelle Berschschdeijàkluft aan. De
Heinz ruufd die Seilschafd zesamme, machd e
Routebeschbreschung, gäbbd noch Inschdrug-
tjone zur Berschsichàhääd unn zur Höhen-
reddung. Dann saad er, wie er's geweehnd
war: „Glück auf!", machd de Schnauzi an die
Lein, gäbbd seinà Fraa e Abschiedskuss,
erinnàd se ganz nòhdrigglisch draan, die
Haase ze fiddàre unn sisch um die Dauwe ze
kimmàre. Nòhdemm alles gesaad war, ìss die
Mannschafd uff die Haupdschròòß unn los-
marschierd. Als die drei me'm Hund aus'em
Haus ware, ruufd's Ilse 'ne noch nòh: „Heinz,
pass mir nur gudd uff die Kinnà uff, unn ruuf
aan, wenn ihr owwe aankòmm senn.
Aach uff'm Riggwääsch. Hann'à werglisch
genuch ze Esse debei? Aach Wassà fà de
Hund?"

'S Tina ruufd zerigg: „Zum Middaachesse senn mir weddà zerigg. Denne läschàlische Hiwwel schaffe mir doch ìn zwä Schdunne ruff unn runnà."

50 Medà vòr demm Paad, uff denne se vunn dà Schdròòß abbieje wollde, saad de Heinz: „Schdobb! Isch nemme doch bessà mei leischdà Schbitzpiggel medd. Mà wääß jò nie ob mir Triddschdufe hagge misse. Bin gleisch weddà zerigg." „Babba, isch kòmme medd unn holle noch denne Klabb-Schbaade aus deinà Bundeswehrzeid aus dà Garaasch. Fà de Fall, dass mir uns bei'me Schneeschdùrm engraawe misse", melld sisch de Mark.

Vaddà unn Sohn drähje sisch um unn gehn zum Haus zerigg. 'S Tina guggd'ne nòh unn schdammpd grääzisch medd'em Fuß uff die Schdròòß. Sie zischd: „Diese Männà! Jetzd losse se misch wehje irgend e'me iwwàflissiche Schbpielzeisch midde uff dà Schdròòß schdehn!" 'S ruufd 'ne noch nòh: „Loss de Hund doch bei mir." „Haschd du jetzt ohne Hund Angschd?", fobbd se de Mark.

Ohne uffzepasse ìss 'es Tina uff 'dà Schdròòß an demm Paad wo se abbieje wollde weidà gang. Sie war garnedd bei dà Sach. Sie hodd nur noch an ääns gedenkd: „Hoffendlisch laafd mir de Tobi jetzd nedd iwwà de Wäj. Wenn der misch so siehd! Ìn denne Klamodde! Dann gehd der ab mòrje medd'em Babs!" (Tobi war ihr Schwarm aus der Neunten Klasse.) Plötzlisch hadd's gemerkd, dass 'es zu weid gelaaf ìss. Schnell ìss'e zerigg bis an denne Paad wo se zum Ersatz-Watzmann, also zum Massiv des „Mount Maybachs", abbieje wollde.

Es war e Paad dòrsch dischde Hägge. 'S Tina gehd en denne Pfad unn vàschdeggd sisch hinnà 'rà Schwarzbeerhägg. Känn Tobi hädd'se dord siehn känne!

Als ihr Vaddà unn der Klään medd ihre „Schbielsache" aus'em Haus kòmm senn unn nommò losziehje, war's Tina nìmmeh ze siehn. De Heinz guggd en ihr Wannàrischdung unn saad zum Mark: „Die ìss beschdimmd am Paad vòrbei gelaaf. Die ìss wie ihr Muddà. Der fähld aach jeglischi Oriendierung." „Nää Babba, mei Schwäschdà hadd sisch beschdimmd vàdriggd. Die gehd en Werglischkäd doch gar nedd gäre medd, weil se dòbei dräggisch werrd. Unn Angschd vòr Wildschweine hadd die aach." „Buub, das glaab isch nedd. 'S wolld unbedingd meddgehn fà Selfis ze mache. Kòmm, 's kännd senn, dass'e am Paad vorbei geloff ìss. Wenn se das mergd, werrd se umdrähje unn zerigg kòmme. Mir gehn schònn mòl langsam weidà."

Am Paad ziehd'à de Schnauzi nòh links unn die Drei senn abwärds ìn denne Wäj engebòh. Nòh e paar Medà schbringd de Schnauzi wild kläffend vòr'à Hägg e'rum. Gleisch druff kòmmd 's Tina hinnà der Hägg raus. Ihr Wannàkamàrade senn zimmlisch vàschrogg.

32

De Heinz fauchd sei Dochdà aan: „Mensch, was soll'n der Quatsch!" Unn de Mark zischd: „Haschd du 'se noch all, duuu...!" „Ei, isch hann misch jò garnedd vàschdeggd um eisch ze vàschregge. Isch hann misch wehje'm To..." Sie hodd nedd weidà geschwätzd. Awwà ihr Brudà wussd, warum se geschdoggd hadd. Der petzt: „Wehje'm Tobi. Wenn der disch so gesiehn hädd, hädd'à sisch dood gelachd", „Gudd jetzd Kinnà, jetzd zersche nedd nommò dò rum, mir misse weidà, mir hann schönn e Verrdelschdunn vàlòhr." „Ja, nur wehje eijàm Männà-Schpielzeisch", wehrd sisch's Tina.
Wortlos unn ohne ze belle maschierde oddà dribbelde all vier berschab. De Heinz wolld de „Mount Maybach" vunn Nordwesde aus aan- gehn. Das hadd bedeid, sie hann vunn Süd- wesde dòrsch's Schachdbachdaal uff das Berschmassiv zugehn misse. Nòh finf Minudde Fußmarsch hodde se das Daal er- reischd. Als se unne geschdann hann, hadd's ausgesiehn, als wär ihr Pseudo-Watzmann schönn zum greife nah. Das Määde guggd zu demm Bersch, unn fròhd: „Misse mir dò hoch?" „Na klar, 's ìss so schdeil wie am risch- dische Watzmann", saad de Mark schnibbisch. De Heinz beruhischd: „Nòhjà, an unsa'm „Watzmann" senn mir awwà schnellà owwe." De Mark fròhd „Babba, du schwätzschd vumm „Watzmann", dann weddà saaschd du zu der Berjehall „Mount Maybach". Wo senn mà dann eischendlisch?"

Das war der Momend wo de Heinz e geografisch Erklärung abgänn mussd. En seim bäschde Schuldeitsch leed'à los: Der *„Maybach-Bergstock"* ìss *Teil eines* Gebirschszuchs, *der an der „Kohlwaldhöhe"* losgehd, sisch iber die *„Redener-Hochalm"* unn *den „Hochkopf" wegzieht, dann bis zur „Hohen Wippe" etwas* runtàgehd unn kòrz *danach vom „Saufangsee"* unnàbroch *wird. Aus der Tiefe* steischd *das Gebirge noch* einmòl *zum „Mount Maybach" hoch. Danach setzt es* sisch rischtaus *bis zum „Mount Lydia" fort* unn *geht dann* weità *bis zum kahlen „Pick Jägerslust", wo er am Rand* vunn *Saarbrücken* uffheerd".

Der Paad, uff demm se vunn dà Haupdschròòß runnàkumm senn, ìss ìmmà undeitlischà wòr unn hadd ìn der „Hauer-Hennes-Senke" uff-geheerd. Die Senke war voll Zeisch das vunn de Häng vumm „Mount Maybach" runnà kòmm ìss. Die Schachtbach hodd das ze-samme medd'em Schlamm aus dà Kòllewäsch en die Senke transbordiert. En der Midde vunn demm Schlamm war e flachà Weihjà, medd Schilf. Die Berschschdeijà wollde denne schlammische Boddem an de droggenschde Schdelle iwwàquere. Das war nedd ungefährlisch, weil's Schdelle gäbb hodd, wo mà nedd ahne konnd ob's unnedrunnà weisch war.

De Heinz warnte sei Kinnà: „Passen uff, wenn ihr uff die feischde Schdelle drääde, dann känne 'nà bis an die Waade oddà sogar ganz ensinke." „Isch wääß Babba, mir schbiele manschmòl dò unn isch kenne die droggene Schdelle." „Du sollschd hie doch nedd schbiele, hann isch dir schònn hunnàd mòl gesaad. Das ìss zu gefährlisch", schdutzd de Heinz sei Sohn zereschd. „Awwà Babba, beim Schbiele hann isch jò ìmmà Gummischdiwwele aan. Das bisje Matsch machd mir nix aus."

Em Schlamm
Ganz unbekimmad guggd der Buub nur nòh Schbure vunn Diere em Schlamm. „Gugg mò Tina, das senn Wildschweinschbure", saad'à zu seinà Schweschdà unn schònn schreid'à laud uff! War doch der Droggeschdellekennà uff e feischdi Schdell gedrääd unn medd'em reschde Fuß em Schlamm schdegge geblieb!

Weil'à geheerd hodd, dass mà ganz unnà gehen kännd, hadd de Mark sisch, wie e Doormann, medd seim ganzem Körbà, nääwedraan uff denne Schlamm-Plagge gewòrf, wo drogge ausgesiehn hodd. Sei Vaddà hadd gescholl: „Vàdammd nochmò! Mark, kannschd du nedd uffbasse? Dass ausgereschned dir sowas bassierd! Isch hann gemennd, du Schlammschbringà kennschd disch hie aus."
Nadierlisch wolld'à de Mark soford medd dà Hand hochziehje, weil er awwà selbschd so schwäär war, konnd er nedd nah genuch an die Ungliggsschdell ranngehn, sònnschd wär er selwà unnagang. Also greifd'à e Aschd,

denne 's Wassà hinngeschbield hodd unn halld 'ne em Mark hinn. Der greifd 'ne, unn de Heinz ziehd sei Sohn medd äänem Rugg aus demm Schlambes raus. Der Klään war geredd, hodd awwà laut uffgeschrie: „Mei scheenà Fußballschuh ìss wägg!" Sei reschdà Fuß war zwar frei, awwà es war känn Schuh meh draan! Der hodd noch em Schlamm geschdeggd. Auebligglisch hadd der Hellasdoormann sisch nommò uff de Schlamm geknied unn medd alle Hänn an der feischd Schdell gebuddeld. Es hodd e bisje gedauàd bis'à denne Schuh greife unn rausziehje konnd.

Denòh hodd der Kerl an dà Hänn, am Leib, unn em Gesischd ganz schwarz vàschmierd vòr seim Vaddà geschdann. Schdolz saad'à noch: „Babba, gell, 's war doch rischdisch dass isch misch hinngeschmiss hann, damedd isch nedd unnàgehn." „Ja mei Sohn, prima, nur gudd dass die Schdell drogge war, uff die du disch gewòrf haschd. Jetzd bisch'de awwà ganz vàsaud. Okay, wenn der Dregg drogge ìss, känne mà 'ne abglobbe. Dei Schuh griehn mir medd Wasser weddà sauwà. Das mache 'mà gleisch an dà Bach. Dord wäsche mir dir aach's Gesicht unn vòr allem dei Hänn."

Nadirlisch hodd's Tina sisch vòr Lache geschiddeld: „Du vàschmierdà Schlammtauchà. Wenn das die Mama meddgridd, dann erlääbschde awwà was." De Heinz saad: „'S iss gudd Tina, mach de Schnauzi an die Lein, sònschd vàsaggd der aach noch em Matsch. Oddà er rieschd e Wildsau unn rennd der noch ìn's Schilf hinnàhàà." „Ach Babba, medd der pladd gedriggd Naas kann der doch gar känn Sau riesche. Das ìss doch e naaselosà Hund!", saad se, machd de Hund dann awwà dròtzdemm medd'à Flexi-Leine am Halsband fäschd. Sie hodd de Leinegriff noch nedd ordendlisch en dà Hand, als e Wassàhingel aus'm Schilf raus getribbeld kòmm ìss.

Dò ìss de Schnauzi soford samt Hundelein uff das Hingel los gang. Der Vòchel machd

37

schnell kehrd, sausd dòrsch's Schilf unn weidà ìn's offene Wassà. Soweid ìss de Schnauzi nedd kòmm! Die Flexi-Hundelein hodd sisch medd ihr'm Griff em Geschdribb vàfang unn die Französische Dogge hadd's so gräfdisch geschdobbd, dass'es denne Hund medd der pladd Schnauz am Weihjà kobbiwwà ìn de Schlamm gehau hadd!

Dòhzu hodd de Mark nommòl sei Senf abgäbb: „Tina, du bischd noch zu bleed um e Hund an dà Lein zu halle. Das werre isch'em Tobi morje vàzehle." „Waaaach disch, du Fiesling, dann saan isch dà Mama, dass du ìmmà an de Schlammweihjà schbiele gehschd", keifd sei Schweschdá zerigg.

Dann ìss se vòrsischdisch ìn's Schilf gang, um denne Hund zu rädde. Em Schilfgeschdribb hodd's dann de Griff gefunn unn hadd de arme Schnauzi an der Lein zwische de Halme dòrsch bis uff droggenà Boddem zerigg gezòh. Er war kaum noch als Hund ze erkenne. Er hodd ehr ausgesiehn wie e uffgeblòòsni, schwatzi Bluudwòrschd.

Der Hund schneizd sisch de Schlamm aus de Naaseläschà, dann schiddelde der kòrzbäänische Rollmops sei Kobb so hefdisch, dass'em die Schlammbräggelschà aus de Ohre geflòh senn. Das Määde blärrd: „Igitt! Du Ferkel! Die Flägge gridd die Mama jò nie meh aus meine Leggins raus!" „Medd Eau de Javel schafft die Mama das beschdimmd", mennd der Schlaumeier Mark.

„Du Schlaukobb! Dann senn nedd nur die Flägge wägg, dann ìss de Schdoff aach wägg", gäbbd'em sei Schweschdà zerigg. Der Klään saad: „Ha, ha, du haschd selwà Löschà rinngeschnidd!" Denòh guggd à de Hund aan unn mennd: „Medd denne schwarze Flägge uff'em weiße Fell siehd de Schnauzi jetzd aus wie e Dalmadinà medd Schdummelbään." „Brudà, du muschd ganz schdill senn. Medd denne schwarze Punkde em Gesischd siehschd du doch aus wie e Zombie medd Pogge."

Ihr Vaddà schnabbd sisch die Hundelein unn saad: „Mark, wenn mir an de Schachtbach kòmme, wäsche mir disch, unn der Hund werrd sauwà geschrubbd."

Aus demm Bach ìss Damp kòmm. Das hadd dòrann gelääh, dass Gruuwewassà, aus dà schdillgeleede unn vollgelaafne Kolleflöze hochgebumbd wòr ìss. Der Buub saad iwwàraschd: „Mensch, das Wassà ìss jò scheen warm!" Er hodd gedenkt ìn der Bach wär ganz kaldes Gebirgswassà, so wie's aus'rà Quell am rischdische Watzmann komme dääd. Dòher wolld er zeerschd, daß sei Vaddà medd demm Wäsche waad bis'se nommò dehemm senn. Weil das Wassà awwà warm war, hodd'à dann doch nix degehje.

De Heinz hodd sei Sohn so gudd's gang ìss en demm Wassà gewäschd. Ganz sauwà iss der Buub awwà nedd wòr. E leischdà Grauschleijà ìss geblieb. Dezu hodd der Klään um die Auge rum unn unnà de Fingànäschel ìmmà noch schwarzà Kolle-Schlamm. De Heinz saad: „Wenn du de Schnauzi em Bach sauwà machschd, werrd wenischsdens der schwarze Dregg unnà deine Fingànäschel wägg gehn."

Der Buub schnabbd sisch de Hund, schdelld 'ne en die Bach unn saad: „Schnauzi, das dudd dir gefalle. Das Wassà ìss so warm wie en der Wann, wo die Mamma disch ìmmà wäschd."

Der Franzeesische Mobs hodd bis zum Bauch em Wassà geschdann unn hodd die lauwarm Dusch ohne ze mäggàre iwwà sisch ergehn losse. Dann hadd'à awwà die Nerve vàlòhr. Er rutschd'm Mark aus de Hänn, hòbsd em Wassà rum unn schnabbd links unn rechts nòh äbbes Rodem. De Mark ruufd: „Babba, dò schwimme jò Fisch rum!" „Loss mòl gugge", saad de Heinz, „Òh lägg, das senn jò asiadische Kampffisch unn *Neon Gubbys*! Dò muss ännà sei Aquarium ausgekibbd hann."

„Unn was mache die Fisch wenn das Wassà gefrierd?", fròhd de Mark besorschd. „In der Bach gefrierd das Wassà nedd. En der warm Brieh känne tropische Fisch beschdimmd gudd iwwàlääwe." „Toll", mennd's Tina, „das muss isch unbedingd em Tobi vàzeele. Der hat doch e Aquarium. Villeischd kann der sisch dò scheene Fisch fange." „Unn wenn de Tobi 's war wo die Fisch en die Bach gekibbd hadd? Dann saan isch das 'em Gruuwehiedà Hassedeiwel", melld sisch ihr Brudà.

„Quatschkobb! E Gruuwehiedà ìss doch nedd vumm Naduurschutz", gäbbd's Tina zerigg.

De Heinz hodd's eilisch. „Holl denne Hund aus'em Wassà. Der soll die Fisch en Ruh losse. So, unn jetzd kòmme. Mir hann schònn zu vill Zeit vàlòhr. Am eschde Watzmann missde mir jetzd schònn umkehre. An unsarem reischd's graad noch bis owwe hinn, awwà mir misse uns drannhalle, sònnschd senn mir vòr'm Dungelwerre nedd zerigg."

Jetzd gehd's hoch
Sie senn dòrsch die Schachtbach-Klamm bis zum Fuß vunn der Berjehall geloff. Nääwe Schdahlsäälschdiggà unn Schießdròhd hodd unne am Bersch e vumm Schutt halb vàdeggdi Gruuwebahnschwell gelääh. Unnà der Schwell ìss e Loch rinngang. Vòr demm Loch hann Fäddàre unn e paar klääne Knoche gelääh. De Mark ruufd ganz uffgereeschd: „Die Fäddàre kenne isch! Babba, die senn vunn demm Hingel zu demm du ìmmà „Italiener" gesaad haschd. Das war garnedd wäggeflòh. Das hadd de Fuchs geholl."
Sei Vaddà saad: „Es sieht so ...", konnd awwà nìmmeh weidà schwätze, weil die Fran-zeesische Bulldogge uffgereeschd unn kläffend vòr demm Loch rumgehòbsd ìss. De Schnauzi hodd sich wie e dalmatinischà Jagdhund gefiehld. Er zerrd an seinà Lein unn wollld unbedingd ìn das Loch e'rìnn.
De Mark, der nòh demm Warmbad de Schnauzi an dà Lein hodd, lossd'ne loss, unn der Hund medd denne kòrze Bään hadd kä

41

Problem gehadd uffreschd en das Loch ze laafe. Kaum war der en der Heehl vàschwunn, hodde die Drei e häfdisches Belle geheerd. Dòbei war awwà aach e Belle, das sisch nedd nòh Hund aangeheerd hadd. Gleischdruff ìss die Rollmobsdogge medd'nem geschdutzde reschde Fleddàmausohr wimmànd aus demm Loch rausgeschoss!

Die zwä Kinnà hann gleischzeidisch: „Oh Gott, der bluud jò!", geruuf. Ihr Vaddà saad: „Dò sitzd ganz beschdìmmd e Fuchs drin." De Mark fròhd sefòrd: „Babba solle mir denne ausgraawe? Isch hann doch de Schbaade debei. Dann verhaue mir denne gemeine Hingelsdieb." „Nää! Komme, mir gehn liewà wägg. Das Vieh kännd am Änn noch die Dollwuud hann. unsa'm Schnauzi werrd das geschdutzde Ohr nedd vill ausmache.

Mir känne sei linkes Ohr an die Läng vumm reschde Ohr aanpasse. Wenn der Fuchs awwà die Dollwuud hadd, kännd der Hund denne Biss villeischd nedd iwwàlääwe." „Nää, nää, Babba, mach was! Unsà Schnauzi derf nedd schderwe!", hann die Kinnà geschrie. Ihr Vaddà beruhischd: „'S werrd schònn gudd ausgehn. Jetzd misse mir awwà dabbà hoch."

Dòrsch e Birkewäldsche senn 'se weidà gang bis dòrdhinn wo die Lore-Säälbahn hoch gang ìss. An der Schdell hoch ze gehn, quasi ìn dà Falllinje, wär de kärrzschde Wäj nòh owwe gewehn. Dòbei noch frei vunn hinnálischem Geschdribb. Das war jò alles gudd unn scheen, awwà fir de silikosegeschwäschde Berschfihrà Heinz wär's vill ze schdeil gang. Dezu ìss noch kòmm, dass der um das abbne Ohrschdigg jammànde falsche Dalmadinà sisch medd alle kòrze Bään gehje de Uffschdiesch geschdemmd hadd. „Wenn der Hund Zigge machd, hollschd du 'ne uff de Arm", saad de Heinz zum Tina unn hadd e bequemàrà Uffschdiesch gesuuchd.

Rechts vunn der Säälbahn, unn owwàhalb vunn dà Schachtbach-Klamm, war e Abbruch en der Bergflanke. De Berschfihrà Heinz hadd gesiehn, dass an der Schdell heifisch de Boddem abgerutschd ìss unn Schdään runnà kòmm senn. E Kläddàrei em Umfeld vunn demm Abbruch war aach also nix. E Unfall wolld de Heinz nedd risgiere. Schließlisch konnd mà an demm, außàhalb allà tourisdische Ziele befindlische Berschschdogg, känn abrufbereidi Berschreddung erhoffe. Aach känn Hilf vumm Alois, alleweil ìss der jò vunn der Gruuwe- unn nedd vunn der Berschwacht.

Der Tourchef entschloss sisch, denne Bersch vunn *der Südflanke* her aanzegehn. Dord hadd's ausgesiehn als wenn's aus'em „Hinterfelter-Loch" weenischà schdeil hoch gehen dääd. Mit seinem Feldschdeschà konnd de Heinz aach siehn, dass en halwà Heeh vunn demm Berschhang e Vòrschbrung wie e Kanzel rausgeguggd hadd. Soford gridd de Tour-Guide die Idee uff demm Vòrschbrung e Biwak enzerischde – wenn's needisch werre solld. Er endeckd aach, dass vumm Absatz nòh linksowwe e Grat abgehd, iwwà denne mà bequem hoch kòmme kännd. Also wähld'á die Route en Rischdung Kanzel unn saad: „Glück auf Kumpels, jetzt geht's hoch!"

An de Berschhäng vumm „Mount Maybach" senn aussà Birke aach Kiefàre, Erle unn dischde Schwartzbeerhägge gewachs. Mà hadd gesiehn, dass der Berschwald das Revier vunn 'rà Wildsau-Rotte senn mussd, weil der Hang an einische Schdelle sautypisch uffgewuhld war.

Unnàhalb vumm Uffgewuhlde unn an denne Schdelle wo känn Bääm geschdann hann, hodde sisch diefe Graawe vumm Rään- unn Schneewassà en de Hang gefressd. De Mark ìss ì'ne'me brääde Graawe hochgeschdirmd.

'S Tina wolld's genau so mache. Doch nòh e paar Schridde gäbbd's es uff. Der Grund war, dass'e dòrsch die dinne Schuhsohle jedà Schdään gemergd hodd. Um demm aus'em Wääsch ze gehen, ìss'e uff Hänn unn Fieß weidàgegrawwld. Ìn zwäfachà Hinnsischd war das aach känn gudd Idee. Eerschdens, en der schdäänisch Rinn uff de Spitze vunn ihre dinne Schlippà rum ze kraxele, unn zwäddens, weil iwwà ihr de Mark schdännisch Schdään losgedrääd hodd, die 'em Tina an die Hänn, an Bään und Fieß gesausd senn. E kläänàrà Schdään ìss sogar hochgeschbrung unn hadd das Määde am Kobb gedroff! Das Määde hodd geschrie, als hädd's e Schädelbasisbruch gehadd. Eijeijei, dò hadd die junge Dame awwà laud m'em Mark gescholl. „Du Bleedmann, pass doch uff! Du häddschd misch beinah umgebrung! Wenn isch nedd dà Mamma ihr Fellkabb aan-gehadd hädd, wär isch jetzd schwäär vàletzd." Dòmedd war die Geschischd vunn demm Schdäänschlach awwà noch nedd ze Änn. Am Auslaaf der Ungliggsrinn hodd sisch loses Gerell aangesammeld. Bei denne lose Schdään ìss de Heinz schdehn geblieb. Grad als der sisch gebiggd hodd, um aus demm Haufe e Schdään raus ze holle, hadd'ne ännà vunn denne Brogge, die am Tina vorbei gesausd senn, am reschde Unnàschengel unn am Kobb gedroff! Nadirlisch ìss der Schdään-schlach beim Heinz ohne Folsche geblieb.

45

Weil der erfahrene Berschmann jò medd Schienbäänschonà unn Gruuwehelm vòrgesorschd hodd!

Denne Schdäänabgang hadd er aach garnedd rischdisch meddgridd, weil er dòrsch äbbes Glänzendes em Gerell abgelengd wòr ìss. Er heebd e Schdään hoch unn ruufd: „Kinnà, isch hann Gold gefunn!" Soford ìss es Tina unn de Mark zu ihm runnà unn hann geschdaund.

'S Tina fròhd: „Ìss das werrglisch Gold?" „Nää, das ìss „Katze-Gold". Das ìss Schwefelkies unn siehd nur wie Gold aus", erklärd ihr ihr Vaddà, unn gäbbd das falsche Gold seinà Dochdà. „Isch will aach sowas", saad de Mark. „Ei such mòl, dò leihd villeischd noch meeh." „Babba, grien isch dei Pickel zum schirfe?" De Berschfihrà Heinz holld de Pickel aus'em Ruggsagg unn der Klään haggd fleißisch en der Schdäänansammlung rum. Er hodd awwà känn „Katze Gold" gefunn, sonnan ebbes minschens genau so wertvolles. Er hodd vàschdäänàde Schachdelhalmschdiggà unn Abdrigg vunn Farnkreidà gefunn. Sei Vaddà erklärd ihm dass die Vàschdäänàrunge 300.000 Jòhr ald wäre. Dass'e aus dà Zeit wäre wo die Kolle entschdann wär. De Mark schdaund: „Aus der Urzeit, wo die Saurià gelääbd hann?" „Nää Buub, noch vill friehjà, als es de Saurus Rex noch nedd gäbb hodd." Dann vàzeehld de Heinz noch, dass sie friehjà als Kinnà offd Vàschdäänàrunge gesammeld hädde. Dòbei hädde'se ìmmà hellisch uffbasse

46

misse, dass de Gruuwehiedà sie nedd và-
witschd. Dòmòls wär's jò schdreng vàbodd
gewehn uff e Berjehall ze grawwele. Heit wär
das nemmeh so. Heit gääbs Berjehalle wo mà
duff derf. Jetzd wirde'se owwe Aussischtstirm
druff baue unn sogar Almfeschde feijàre.

„Babba mach du das Sääl unn de Klabb-
schbaade mòl ìn dei Ruggsagg, isch brauch
meh Platz ìn meim. Die Urzeitschdään holle
isch medd hemm. Unn wenn isch noch meeh
finne, schdegge isch die aach ìn mei Rugg-
sagg", saad de Mark.

„Bevòr du ìn deinem Ruggsagg Millione Jòhr
aldes Gerell uff denne Bersch schlebbschd,
däädsch'e bessà de Schnauzi ìn deim Sagg
hochdraan", bemerkt 's Tina: Eichendlisch
hodd de Mark jò nix gehje de Schnauzi, er
hädd'ne aach mò e Schdigg gedrah, awwà
wehje demm Urzeit-Schatz, war em Sagg
kaum noch Platz. „Bevòr isch denne Hund en
mei Ruggsagg quetsche, ziehje isch'ne liewà
uff seim Schbeggbauch an dà Lein nòh owwe",
saad er. „Du Unmensch! Das ìss jò
Dierquälàrei", baubst sei Schweschdà 'ne aan.
'S guggd nòhm Hund unn saad: „Faulà Kläffà,
am Änn werre isch disch noch uff de Bersch
schlebbe misse."

Weil de Mark noch meh Vàschdäänàrunge
finne wolld, grawweld der uffgereeschd die
Rinn weidà hoch. Dòbei hadd'à nommò
Schdäänlawine losgedrääd. 'S Tina, de Heinz
unn ihr Hund senn dabbà aus der Rinn raus

47

unn ìn denne Graawe nääwedraan gang. Ìn demm Graawe war vumm Rään freigeledes Eise ze siehn. Es war roschdisches Berschmannsgeschärr. Dò drunnà konnd sogar was senn, wo de Heinz noch ìn seinà aktiv Zeit en dà Hand hodd. Jetzd war alles nur noch Schrott. De Heinz ìss wordlos vòr demm Schrott schdehn geblieb, guggd das Zeisch aan unn hädd beinah vòr Wehmut geheild.

Sei Dochdà ìss ungeduldisch wòr: „Babba, nedd daß du dir jetzt noch aldes Eise enschdeggschd, kòmm, mir misse weidà, isch will nedd bis ìn die Naachd dò rumkrawwele."

Uff der Route wo se engeschla hann, hodde e Haufe vom Wind umgewòrfnà Bääm em Wäj geläh. Also ìss der Backes-Trupp nòh links uff e baamfreijes Hangschdigg ausgewisch. Iwwà die Owwàfläsch vunn demm Feld hädd de Mark de Schnauzi sogar ohne Kratzà am Bauch hochziehje känne. Der Berschabschnitt war nämlisch e Hangrutschung, ìn demm sisch ganz feinkärnisches Schdäänmatrial aangesammeld hodd.

„Sowas gäbbd's beschdimmd am Watzmann aach. Isch glaab, dord saan se „Edelgries" dezu. Mir vàsuche mò ìn demm lose Zeisch weidà ze kòmme", saad der „Watzmann-Experte" Heinz Backes.

Medd'em Vòrwärtskumme war's ìn demm Gries awwà so e Sach. Bei jedem Schridd nòh owwe senn se nommòl' e halwà Schridd –

manschmòl sogar zwä – zerigg gerutschd. Dòbei hann'em Heinz sei Wannàschdägge aach nedd vill gehòlf. Medd seim Dobbel-zendnà ìss'à meh engesaggd als sei leichd-gewichts Kinnà. Der Hund hodd sisch uff seine kòrze Bään mihsam nòh owwe gegratzd, unn de Mark vàsuchds schließlisch aach uff alle Viere.

Sie ware grad nääwe demm Windbruch hochgegrawweld, schdirmd e kapidalà Bock de Hang e'runnà. De Mark schreid: „E Gäms, e Gäms!" „Das ìss e Rehbock unn känn Bergwild, du Dummkopp", belehrd 'ne sei Schweschdà.

Bei der Bockfluchd ìss die Franzeesisch Dogge nommò zum Dalmadinà wòr. Der Hund hodd so hefdisch an der Lein geriss, dass es Tina sisch ball iwwàschlaa hadd. 'S hodd kä Hald meh gridd unn wenn's vunn e'me Birkebäämsche nedd geschdobbd wòr wär, wär's beinah medàweid abgerutschd.

Ihr Brudà mussd nadierlisch mòl wìddà sei Senf dezu abgänn: „Ha, ha, medd Fuß-ballschuh wär dir das nedd passierd!"

De Heinz saad: „Kä Wunná, medd denne Schuh wo du dò aan haschd, finschd du känn Hald! Komm, isch zieh disch am Sääl hinnà mir hoch." Er holld das 15-Medà-Sääl aus'em Ruggsagg unn sääld all aan, bis uff de Hund, denne hadd'à an dà Lein gehall.

Basislaachà

Um zu demm vumm Heinz gesischdete Hang-absatz zu kòmme, hodd er e triddsischàri Aufschdiechsvariante dòrsch e bräädi Hang-Falte ausgemachd. Kòrz unnàhalb vunn demm Etappeziel-Laachà mussde se awwà nommò aus demm Graawe nòh rechts raus. Der Graawe hodd sisch nämlisch zu'nem Kamin vàengd, der schwäär ze dòrchschdeije war.

Problemlos senn'se dann uff denne Absatz kòmm, der wie e Kanzel aus'em Hang vòrge-schbrung ìss. Die Owwàfläsch vunn demm kanzeladische Vòrschbrung war e flaches, cirka annàtalb Quadradmedà großes Plateau. Der Vòrschbrung ìss dòdòrsch entschdann, dass e em Schutt, e Schdigg Fördà-Bandgummi waachereschd dringeschdeggd hodd. Das Gummi ìss vumm Rään freigeschbiehld wòr unn jetzd die Owwàfläsch vunn der Kanzel war. Das Gruuwegummi hodd dòmedd aach das Schutt-Material unnedrunnà vòrm Abrutsche geschitzd. So hodd die Backes-Berchschdeijà-Seilschaft am Hang vumm „Mount Maybach", an expo-nierdà Schdell, e solidi Kanzel vòrgefunn.

Kaum dord aankòmm, fròhd de Mark: „Gell Babba, hie war noch nìmmand? Mir senn die „Erstbesteiger?" „Jawoll mein Junior-Kläd-dàrà. Mir daafe denne Ort „Knappenkanzel". Hie schlaan mir unsà Basislager uff."

Vill Laachàplatz hadd's dort nedd gäbb. Die Drei, unn noch de Hund debei, konnde sisch nur ganz eng annannà hinnsetze. Kaum gesetzd, melld sisch de Mark: „Jetzd hann isch awwà Hungà." Unn 's Tina wolld O-Saft.

Ihr Vaddà saad: „Ihr kenne O-Saft grien, dezu jedà e Schdigg Lyonà unn e halwà Weck. Rischdischi Paus mache mir eerschd uff'em Gibbel." Er macht sei Ruggsagg uff, um fà jedes Kind e Beidel O-Saft, fir sisch e Flasch Bier unn fà all de Lyonàringel raus ze holle. Kaum war der Sagg uff, ìss soford e frischà Wòrschdgeruch rauskòmm.

Em Schnauzi ìss der gleisch en die Naas gang. Soford fangd'à. ze zawwele aan. Dòbei trääd'à medd de Hinnàbään iwwà de Rand vumm Bandgummi unn rutschd ab!

Dass das demm Hund bassierd ìss, war alään sei Herrsche Schuld. Als de Heinz medd dà reschd Hand an demm Ruggsagg rum gefummeld hodd, hadd'à medd dà link Hand de Griff vunn der Flexi-Hundelein nur lässisch feschdgehall. So ìss'es kòmm, dass die Lein – wie vòrhär beim Tina em Schilf – dòrsch die nedd feschdgedriggd Schberr gerudschd ìss unn de Schnauzi an der Lein nòh unne abgang ìss.

Blitzschnell hadd de Heinz medd der reschd Hand nòh'm Schnauzi seinà Lein gegriff. Zagg! Der plötzlische Leineschdobb hodd denne Hund beinah schdrangulierd!

Der fuchzeh Kilo schwäre Schnauzi zawwelde zwä Medà diefà, fiepend, frei am Schdrang! Das Dier war zwar vòr'm Abschdòrz gesischàd, awwà fir was fà Preis!?

De Heinz hodd doch, graad medd der rechd Hand de Lyonàringel e Schdigg aus'em Ruggsagg gezòh, als'à, wehje demm Reddungsgriff, die Hand uffgemachd hadd unn debei de Lyonà loos gelossd hadd.

Baufdisch! Der Wòrschd, e Bierflasch, e Weck unn die zwä O-Saftbeidel senn aus demm offene Ruggsagg rausgefall! Nääwebei aach 'em Schnauzi sei Schweinsohr-Cracker. Unn zu allem Iwwel ìss 'em Heinz aach de Gruuwehelm noch vumm Kobb gefall, als'à sisch schnell vòrgebiggd hodd, um die Lein ze greife.

Alles ìss am Schnauzi vòrbei nòh unne gefall. Der faschd erhängde Hund hadd noch vàsuchd sei Schweinsohr-Cracker ze schnabbe, awwà er hadd's Maul nedd uffgridd.

Die Kinnà hodde geschoggd demm Wòrschd unn ihr'm O-Saft nòhgeguggd. Ihr Vaddà guggd seim Helm hinnàhää unn brilld: „Scheiße! Hädd isch denne Helm doch nur dehemm gelossd!"

Der Wòrschdringel ìss wie e Rääf de freie Hang runnà gerolld unn dann zwische de Baamschdämm dòrsch, bis'à gehje e diggà Schdään geknalld ìss. Der Schdään hodd'ne awwà noch nedd geschdobbd!

Der Ringel fliehd en hohem Bòòhe dòrsch die Luft, setzd elastisch uff unn rolld dann bis an de Fuß vunn 'em „Mount Maybach" weidà. Unne aankòmm, hodde'ne die Schwarzbeer-hägge geschdobbd. Er kippd um unn bleibd leije.

Demm Wòrschd ìss em Heinz sei Helm noch medd Karacho hinnàher gesausd.

Awwà unne, am Änn vumm Edelgries, hann se'ne aus dà Sischd vàlòhr. Sie hodde aach känn Ufschläsch meh geheerd, sonnan äänmòl nur noch e hohles Knagge.

De Heinz saad: „Mist!", holld dief Lufd unn saad dann, „Wenn mir abscheije, suche mà de Helm unn holle uns de Lyonà aus dà Hägge."

„Unn was ìss medd deim Bier unn unsa'm O-Saft?", fròhd's Tina. „Nix meh! Die Bierflasch

53

ìss beschdimmd kabudd gang unn die Fruchtbeidel senn geplatzd", saad de Heinz seijàlisch. De Mark hodd's schwäär bedauàd, dass sei Weck wägg war unn die Wildsei 'ne jetzd fresse dääde. Em Moment war nix meh zu rädde, außàm Schnauzi. Der hodd noch ìmmà ruhisch, wie erdrosseld, an seinà Lein gehòng. Sei Herrsche hadd'ne hochgezòh unn jedes vunn de Kinnà wolld'ne zeerschd schdreischele.

Es hodd känn Grund meh gäbb weidá uff der „Knappenkanzel" ze bleiwe. Die drei Berschschdeijà unn ihr Hund senn medd hängende Käbb uffgebròch.

Der Berschfihrà wolld iwwà denne Grat, wo er vunn unne gesiehn hodd, hoch zum Gibbel. Er hadd all widdá aangesääld, bzw. an die Lein gelehd unn ìss vorrann gang. Nòh e paa Medà bleibd'à schdehn, drähd sisch um unn saad ganz feijàlisch zu seine Kumpane: „Da eerschdbegangene Routen ìmmà nach denne benannt werden, die se als eerschde benutzten, daafe isch diesen Grat Heinz-Backes-Grat."

Sei Sohn hodd die Namensgebung iwwàhaubd nedd intressierd. Der war medd seine Gedanke ganz beim Lyonà unn demm Weck, wo vàlòòrgang ìss.

'S Tina hadd gemennd die Namensgebung vunn ihr'm Vaddà wär doch zimmlisch egoisdisch gewehn. Sie saad zum: „Du machschd graad so, als wenn isch, de Mark

54

unn de Schnauzi nedd debei gewehn wäre! Gänn mir demm Paad doch e neitralà Name. Wie wär's medd „Lyoner-Grat"? – Ìn Erinnàrung an unsà Wòrschd wo abgeschdärzd ìss."
Der Berschfihrà Heinz Backes hadd zugeschdimmd, sisch umgedrähd unn die Seilschaft ìss weidà uffgeschdieh.
Em Heinz ìss uff de lädschde Medà vòr'm Ziel faschd die Lufd ausgang. Obwohl die franzeesisch Dogge medd der pladdgedrigd Schnauz aach schwäär ze kämpfe hodd, ìss der kòrzbäänisch Rollmobs an ihm vòrbei. Dann hadd der Hund de Heinz reschelreschd nòh owwe gezòh. Irjendäbbes hadd demm Vieh nämlisch en dà Naas geschdeggd.

Uff'em Gibbel
All hann das Ziel abgekämpfd unn schwääßgebaad erreischd. Der Gibbel war owwe ääwe unn groß wie e Boulplatz. En dà Midd war e großes Pielsche. Seidlisch devòn war e kläänà Buggel. Uff demm Buggel hadd das Kreiz geschdann, das mà vunn unne siehn konnd.
Nadirlisch ìss de Mark soford uff denne Buggel gerannd, hadd das Kreiz umarmd unn: „Isch war als Eerschdà owwe", geruuf.

Das hodd's Tina nedd gelle losse unn hadd denne Buub zereschdgeschdutzd: „Vunn wehje! Du warschd noch e gudd Schdigg hinnà'm Schnauzi."

De Heinz holld dief Lufd und setzd sisch geschaffd nääwe das Gibbelkreiz. Das Ziel war erreischd! Zufriede hadd'à sisch umgeguggd unn freidisch ausgeruuf: „Wie uff'em Watzmann!" 'S Tina hadd sisch nääwe sei Vaddà gesetzd unn saad: „Puuh, dò rieschd's wie em Zoo." Ihr Vaddà guggd se vàdutzd aan unn fròhd: „Du mennschd doch nedd etwa isch wär's!?" „Nää Babba, 's rieschd nedd so wie du rieschd." Noch vòr de Heinz was saan konnd, klärd de Mark die Sach uff: „Tina, es rieschd nòh Maggi. So rieschd's bei de Wildsaue em Zoo en Saarbrigge aach."

Das graue Schlammwassà vunn demm Pielsche hodd's dann jò aach vàròòd. Das Wassà war e Wildsausuhle! De Schnauzi wolld sisch sefòrd drin wälze, doch diesmòhl hadd de Heinz 'ne an dà kòrz Leine gehall. Ganz besorschd saad'à: „Kinnà, jetzd noch Wildschweine – das hädd uns graad noch gefähld!"

'S Tina unn de Mark wollde endlisch medd'em vàschbrochene Picknick aanfange. De Heinz machd de Ruggsagg uff unn kramd die Nahrungsmiddel raus, die noch drin ware. Fà ihne war jò die zwädd Flasch Bier noch drìnn. 'S Tina unn de Mark hodde zwar mäschdischà Dòrschd, doch ihr Fruchtsafd war futsch!

Gudd dass de Heinz en seim Ruggsagg noch das Kaffeeblesch medd demm Essischwassà hodd. Er holld das Blesch, machd de Schnabbvàschluss ùff unn gäbbd's 'em Tina.

56

Dann saad'à: „Dò hasch'de was Isotonisches, das erfrischd. Loss 'em Mark awwà aach noch was drìnn". Unn weil's Tina zimmlisch ausgedroggeld war, holld's e großà Schlugg.

Noch nie ìn ihr'm Lääwe hodd das Freilein Essischwassà gedrunk! Unn nòh demm Schlugg werrd's ìn seim ganze Lääwe das aach nìmmeh mache! 'S rolld die Aue, blòòsd die Bagge uff als wär ihr Kobb e Iwwàdruggbehäldà unn schbautzd das saure Wassà weddà explosionsaadisch aus! Ihr Brudà hodd'em zufällisch gehjeiwwà gesetzd und die ganz Ladung abgridd. Was der dòdruff alles zu seinà Schweschdà gesaad hadd, werrd an der Schdell nedd preisgäbb.
Das aangeechelde Tina holld das Kaffeeblesch unn kibbd alles was drin war uff de Boddem. Die Franzeesisch Dogge hodd vòr laudà Dòrschd die Zunge knabb iwwàm Boddem hänge unn ìss hin unn här gerannd.

Der dòrschdisch Hund fangd sefòrd aan die Essischbrih uffzelägge. Er schlabbàd drei mòl, niesd kräfdisch unn laafd schnurschdrags zu der Wildsausuhle. Dord hadd der gemachd als wolld er das ganze Schlammwassà uffsauche.

„Haschd du uns meddgeholl, um uns dò owwe zu vàgifde unn de Göttà ze opfàre?", hodd's Tina ihr Vaddà aangefauchd. „Um Gottes Wille. Endschuldische ihr Kinnà, Essischwassà ìss wohl nìmmeh „in". Mir hann friehjà oft Essischwassà gedrunk. Unn das ìss jedefalls gesündà als die Zuggàbrih vunn O-Saft."

De Mark kreehld: „Wenn das Zeisch so schmeggd wie isch jetzd schdinke, dann drinke isch awwà liewà ungesundes Zuggàwassà!"

„Ebbes Guddes hadd der Essischgeruch weenschens", mennd's Tina, „Er iwwàdeggd denne Wildsaugeschdank".

„Awwà Lyonà wolle 'nà doch noch, oddà?", saad de Heinz. Er hadd denne Ringel, der nedd rausgefall war, ìn drei Dääle geschnidd unn die zwä Weck wo noch dò ware geholl.

Dann saad'à: „Vunn denne zwä Weck will isch nix. Jedà vunn eisch kann e ganzà hann. Isch brauch kä Weck zum Wòrschd."

'S Tina mauld: „Mir ìss de Abbedidd vàgang. De Mark kann mei Weck unn mei Schdigg Wòrschd hann. Mir kannschd du die Drops vunn dà Mama gänn, damedd isch e annàrà Geschmagg ìn de Mund grien."

Medd der dobbeld Wòrschd-Ration war de Mark meh wie ze friede. Vunn seinà dobbeld Lyonàportsjon hodd er sogar em Schnauzi noch e Schdigg abgäbb.

De Backes Heinz hadd sei Lyonà-Andääl medd Genuss gess unn sei Bier medd Freid gedrunk. Gäre hädd er denòh noch e Peifsche geraachd, doch de Betriebsarzd vunn dà Gruub hodd ihm das wehje seinà Lunge-probleme jò schònn lang vàbodd. Gehje Prieme hodd der Doggdà nix enzewänne. E bisje Kautabak-Nikotin hädd'ne jetzd uffge-mundàd, doch denne gerollde Tabak hodd'à vàgesse enzeschdegge. Aach ohne sei Kautabak, hodd der Berschmann Heinz Backes die Aussischd vunn sei'm Ersatz-Watzmann aus genoss. Die Gipfelruhe ùff demm Bersch, der aach dòrsch sei Aawed so hoch wòr ìss, war fir ihne wie e wohl-vàdiendes Urlaubsgeschenk.

Unn weil de Mark schònn genuch medd' demm vumm Tina geerbde Lyonà zu kämpfe hodd, hadd'à em Schnauzi aach noch sei zwäddà Weck gäbb.

Der Hund war randvoll unn noch rundà. Er hodd sich ìn's Schlammwassà gelehd unn alle Viere vunn sisch geschdreggd.

Ìn die sinnlische Gipfelruhe ruufd's Tina: „Beinah hädd isch doch die Fotos vàgess! Babba kannschd du medd meinem Smart phone e paar Bildà vunn mir mache?"

Dann schdelld se sisch nääwe das Kreiz uff denne Buggel unn saad de Heinz solld das Foto so mache, dass mà nur Ääs, das Kreiz unn de Himmel siehd.

„Okay, mach isch", saad der. „Wo muss isch'n druffdrigge? Was soll isch'n enschdelle?"

„Babba, an ï'ne'me Smartphon brauchschd du nix enzeschdelle, das gehd alles audomadisch. kòmm isch zeije's dir." De Heinz kapierts unn fotografiert die discogesteilte Gipfel-Stürmerin. De Mark holld sei Schwäschdà am Arm unn saad: „Tina, isch hann gemennd du däädschd nur Selfis mache? Wenn nedd, dann kännschd du aach mòl misch me'm Babba am Kreiz fotografiere."

„Mach isch, Kläänà", war ihr Antword. So senn all – außàm Schnauzi – uff Tinas Smartphon-Bildà kòmm.

Kaum hodd's Tina sei Vaddà unn sei Brudà fotografiert, hadd's ihr Gipfelbild medd der Nachrischd: „Ich auf dem Watzmann", ihre Freindinne geposdete. Selbschdvàschdännisch hodd de Tobi aach e Text- unn Bild-Dokmend vumm „Watzmann" gridd.

Nòh der Foto- unn Posting-Sessjon holld de Heinz sei Feldschdeschà unn guggd ìn's Dal.

Em Oste sied er die Ortschaft Dränesiedlung.

Der Ort heischd so, weil vill vàungliggde Berschleid mòl dord gewohnd hann.

Em Norde konnd er hinnà ausgedehnde Wäldà weide Feldà erkenne. Em Süde, jenseids dà Landesgrenz, schpischelde sisch die ihm bekannde franzeesische Weihjàre ìn dà Sunn.

Nadierlisch wolld's Tina unn de Mark aach dòrsch de Feldschdeschà gugge. Der Buub endeggde denne Sportplatz, uff demm er ìmmà Fußball schbield. Das Määde siehd ihr Freindinne vòr dà Eisdiele „chillen". De Heinz hadd sei Haus, de Dauweschlaach unn de Luftraum owwedriwà ìn's Visier geholl. Känn äänzisch Daub war uff'm Dach! Aach ìn dà Luft iwwà'm Haus senn känn Dauwe geflòh. Dòbei hodd er doch em Ilse gesaad, es soll die Dauwe fiddàre unn denòh de Schlaach uffmache fà se rauzelòsse! Ärjàlisch dengd er: „Wenn känn Dauwe drauße senn, dann hadd das Mensch die aach nedd gefiddàd!" Unn ìn Rischdung vunn seim Haus schiddeld'à medd dà Fauschd unn ruufd: „Hoffendlisch hasch'de weenischens die Haase gefiddàd!"

De Mark ìss dann aach mòl gugge gang was es hinnàm Gibbelkreiz so gäbbd unn endeggd gleisch äbbes Erschdaunlisches: „Babba, ìss der rischdische Watzmann aach e Vulkan?" „Nää, der ìss e normalà Bersch." „Unn de „Mount Maybach"?" „Buub, denne Name hann isch doch nur fà die Berjehall erfunn, unn die ìss aach känn Vulkan."

„Ei – der dò Bersch ìss awwà e Vulkan!" „Wie kòmmschen dòdruff?" „Unnà mir am Hang kòmmd Qualm aus e paar Läschà raus. Ganz so wie isch das em Fernsehen en der Sendung

„Wunder der Erde" gesiehn hann." „Kòmm soford dord wägg. Dord brennd's ìn dà Berjehall. Unn dann entschdehd e Hohlraum, denne mà vunn owwe nedd siehn kann. Wenn du dòrd enbräschd, dann vàbrennschd du."

Soford ìss der Klään zu seim Vaddà zerigg gerannd. Der Buub iwwàleed kòrz, dann fròhd'à: „Senn schònn mòl Wildschweine dò renngefall?" „Kann senn." „Gell, wenn mà die dann raus holld, dann senn die ferdisch gegrilld?" „Villeischd, das hadd awwà noch nìmmand gemachd." „Die Feijàwehr kännd das doch mò mache." „Zu gefährlisch, dò esse aach tapfre Feijàwehrmännà liewà Schwengà vumm Schwengà."

Dass em Bersch so e gefährlisches Feier gliehje dääd, hodd de Mark fir unvàandwortlisch gefunn. Er holld aus'em Ruggsagg vunn seim Vaddà denne leischde Piggel unn de Klabbschbaade, weil er e Rinn ausheewe wolld. Dòrsch die Rinn wolld er das Wassà vunn der Sau-Suhle zu denne qualmende Läschà am Hang laafe losse unn dord das Feijà läsche.

En seine Sorje um hungànde Haase unn Dauwe, hodd de Heinz nedd meddgridd was sei Sohn dord so treibd.

Sorjevoll dengd der Mann nur noch dòdraan so schnell wie meeschlisch vumm Pseudo-Watzmann abzeschdeije. Als'à de Mark hacke unn graawe geheerd hodd, hadd'à 'ne laut geschdobbd: „Was schdellsch'n du dò aan?"

„Ei, isch losse Wassà ìn das Vulkanloch laafe ums Feijà auszemache." „Das Haldefeijà kannschd du medd so'nem bissche Wassà nedd läsche. Loss denne Wildsei ihr Suhl unn kòmm jetzd, mir misse schnellschdens hie runnà."

'S gehd runnà
Um de Wòrschd unn denne Helm ze finne, wolld de Heinz meeschlichds nah uff der Route abschdeije, uff der die zwä Sache runnà gerolld senn. Um schnellà vòrranzekumme, wolld'à nedd nommò iwwà de „Lyonergrat" zur „Hauerkanzel", sonnan e kärzàrà, awwà gefährlischàrà Wäj nääwedraan vòrbei nemme.
'S ìss gudd gang, unn unnàhalb der Kanzel senn se nòh reschds, uff die Falllinie vunn der Kanzel zum Dalboddem gewechseld.
Dann hadd's ze niesele aangefang. De Heinz dengd kòrz an denne Räänschärm, denne er seinà Fraa abgelehnd hodd, unn mennd: „Bevòr's medd demm Rään rischdisch los gehd, misse mir unne senn." Er holld de Hund an die Lein unn de Mark ans Sääl. Er wolld denne Kerl bremse känne, falls der em juchendlische Iwwàschwang berschab schdoll-badd unn sisch wie e Lyonà iwwàschlaad.
Vaddà unn Sohn hann die Hacke ihrà Berschschuh ìn de Hang geschlaa unn senn ohne ze rutsche gudd vòrwärds kòmm.

De Schnauzi hodd berschab medd de Vòrdàpoode klääne Gerölllawine vòr sisch hergeschob. 'S Tina ìss jammàrisch hinnà denne Drei hergedribbeld. Ihr Vaddà hodd ihr nommòl die zwä Walkingschdägge gäbb. Aach medd denne Schdägge ìss sei Dochdà nur langsam vorrann kòmm. Uff feischdem Ge- schdään hadd se ìn ihre Schlippà kaum Hald gridd. Uff loggàre Schdäänschà ìss se bis zu de Knäschel engesaggd unn die Schdäänschà sìnn'à ìn die Schuh gerudschd. Mehrmòls mussd's Tina sie Disco-Schlabbe lääre unn die annàre Drei mussde waade.

Ihr Brudà Hodd nòh owwe geruuf: „Wenn du beim Runnàgehen die Absätz nedd ìn de Boddem schlaan kannschd, dann muschd du uff de Schuhkande quer laafe. Gugg mòl, so machd mà das!" „Du Aangäwwà! Du haschd medd deine Fußballschuh gudd schwätze. An meine Schuh senn känn Absätz unn känn Kande. Unn zu allem siehd's so aus, dass an denne Dìngà vorre noch die Sohl abgehd!" Dann schdeend se: „Isch hädd bessà dà Oma ihr Schuh aangezòh, die wo die Mamma nedd wolld."

An denne Schbure am Hang hadd de Heinz gesiehn, dass der abgeschderzde Helm unn der Lyonà en dà Falllinie dòrsch's „Edelgries" runnà ìss. Er machd sei Sohn vumm Sääl unn saad'em er soll der Schbur anhand der Enschlachlöschà nòh unne nòhgehn. Er selwà wolld me'm Hund unn'em Tina seidlisch am

64

Hang abschdeije. Seinà Dochdà sollde nedd noch meh Gries-Schdäänchà ìn die Schuh falle.

De Mark hodd sisch e Schbass draus gemachd en demm feinkörnische Gries medd weide Känguru-Schbring entlang denne Enschlachlöschà nòh unne ze hòbse. Bei jedem Satz senn die Schdäänschà wäggeschbritzd. Bei seine Landungen ìss'à wie e Paahl knäscheldief em weische Gries engeschlaa. Beim Mark seine Freideschbring hodd's es Tina nìmmeh am Heinz seinà Seid gehall. Das Määde hadd ihr'm Vaddà die Wannàschdägge zugewòrf, es Sääl abgeschdreifd, sei unzweggmäßische Schuh ausgezòh unn ìss ihr'm Brudà uff dà Schdrimb hinnàhergehobsd.

De Heinz ruufd denne zwä zu: „Heere sefòrd dòmedd uff! Ihr bräsche eisch noch die Haxe." Dann suchd'à die Schdägge unn die Schlippà zesamme, unn schdabbsd medd'em Schnauzi weidà abwärts.

Als unnàhalb vunn der Griesfläsch nommò der Birke- unn Kiefrewald aangefang hadd, ìss'es Tina nommò ìn die Schbur vunn ihr'm Vaddà zerigg. Nadierlisch hadd se nur noch Fetze vunn Schdrimb an dà Fieß gehadd. Wie die Schuh ware se debei sisch uffzeleese. „Was soll's!", denkt se, „Jetzt passe mei Schdrimb wenischens zu meine Slipper unn zur Hoos. Das Mistzeisch wolld se alles wäggschmeiße, ziehd die Disko-Schlabbe awwà trotzdemm nommòl aan.

65

Ihr Vaddà siehd die Misere unn mennd: „Dochdà, so kannschd du en demm Gelände nedd weidàlaafe. Mir misse dei Schuh fligge." 'S Tina hadd sisch hinngesetzd unn die vàrobbde Schlippà nommò ausgezòh. De Heinz kramd aus de Seidedasche vunn seim Ruggsagg die Hansaplaschdroll raus unn wiggeld das Fixierblaschdà ìn mehràre Laache um die Sohle unn's Owwàläddà vunn Tinas Schuh. Medd e paar Plaschdàschdiggà glääbd'à sogar ihr uffgerissne Schdrimb zesamme. Dann senn se weidàgang.

Ìm Hangwäldsche guggd de Mark nommò nòh de Schbure vunn demm Helm unn demm Wòrschd. De Heinz saad: „Ich hann zwar noch gesiehn, wie der Wòrschd zwische de Bääm dòrsch ìss, vunn demm Helm hann isch awwà ab 'em Waldrand nixmeh gesiehn." „Babba, isch gugge mir jò schònn die Aue aus'em Kobb. Die Lyonà-Schbur ìss dò, awwà vunn demm Helm siehn isch nix meh." „Scheiße!", grummeld de Heinz.
Kòrtzdruff siehd sei Sohn zwische de Äschd vunn 'rà Kiefà äbbes Helles glänze. Er laafd zu demm Baam unn jubeld: „Isch hann'e! Babba, isch siehn'e. Er hängd dò owwe em Baam." „Prima Mark. Du bischd e bessàrà Schbierhund als de Schnauzi. Kannschd du uff denne Baam krawwele unn denne Helm holle?"

„Isch kann villeischd bessà uffschbiere als de Schnauzi, doch kläddàre wie e Eischhörnsche kann isch nedd. Dò kòmm isch nedd hoch." „Dann lòss'es unn kòmm här. Isch gehn morje medd dà Axt zu demm Baam unn schlaan 'ne ab." „Unn wenn de Gruuwehiedà disch vàwitschd, dann reischd ään Roll Kautabak als Beschdeschung awwà nedd aus", bemekd's Tina.

De Rään ìss schdärgà wòr unn es ìss langsam dungel gänn. Beim weidàre Abschdiesch hodde se sich an die Rischdung gehall, wo der Lyonà runnà gesausd senn kännd. Ohne dass nommòl was dezwische kòmm wär, senn se gudd vorrann kòmm. Am Berschfuß hadd der Wald uffgeheerd unn es ìss ìn's Flache iwwàgang. Am Waldrand ware dischde Schwarzbeerhägge, ìn denne sich der Wòrschd vàfang hann muss – wenn'à bis unnehinn gerolld ìss.

„Kinnà, halle die Aue uff, der Ringel muss hie irjendwo senn!", mennd de Heinz. Sei Dochdà unn sei Sohn hann awwà känn Wòrschd gesiehn. Dòdegehje hann se vòr'm Geschdribb ebbes Rotbraunes zwische de Bääm dòrschlaafe gesiehn.

'S Tina ruufd: „Gugg mòl schnell! Dò unne laafd e Fuchs rum!"

Auebligglisch hadd sisch der im Höhle-Kampf unnàleechene Schnauzi hinnà de Bään vunn sei'm Herrsche vàschdeggd.

De Mark schreid laut: „Der Fuchs hadd unsà Wòrschd em Maul! Komm schnell, mir fange n'e." Er holld e Schdään, werfd nòh demm Reiwà und laafd los. Sei Vaddà ruufd: „Mark, bleib schdehn! Denne krisch'e doch nìmmeh en." So wär's aach gewehn, weil der Fuchs blitzschnell medd seinà Deligadess ìn Rischdung Loch unnà der Bahnschwell vàschwunn war.

Die „Watzmann"-Berschsteijà suchde sisch e Dòrschgang em Häggegeschdribb, dòrsch das se schnell uff die Schdròòß fà hemmwärz kòmme. De Heinz wolld fà hemmwärz nedd de selwe Wäj gehn, wie denne wo se zur Berjehall kòmm senn. Weil's schönn dungel wòr ìss unn em Dungele dòrsch die Klamm unn iwwà de Schlamm ze gehn, das war'em zu gefährlisch. Er wolld iwwà die Landschdròòß hemm, wenn das aach e Umwäj war unn se schbäädà dehemm aankòmme dääde. „Was werrd nur 's Ilse saan?" sorschd sisch de Heinz, weil's beschdimmd es Esse schönn ferdisch hodd.

68

Unn dann hodd er ehje e schleschdes Gewisse, weil er doch vàgess hodd seinà Dochdà ze saan sie soll mòl owwe, vumm Bersch aus, medd'em Smartphon ihrà Muddà Beschääd saan, dass es e bissche schbädà gänn kännd, damedd se sisch medd'em Esse rischde kann.

'S gehd hemm
Uff'em Hemmwäj hodd's schdark geräänd. Die Vier hann ìn ihre nasse Klamodde zimmlisch abendeijàlisch ausgesiehn. Ìnsbesonnàre 's Tina. Wehje der feischd Lufd senn die Fixierbännà an ihre Schlabbe abgang. Unn dann schdängàd de Mark noch: „Medd demm räängepläddschde Kaninschefell uff'em Kobb, denne gefläddàde Schuh, denne vàrrobbde Leggins unn zwä Wannàschdägge unnà'm Arm siehschd du aus wie e weiblischà Ork." So hadd's Tina sisch aach gefiehld. Medd gesengdem Kobb ìss'e dòrsch de Ort geschlisch unn denkd: „Was e Gligg, dass de Tobi bei demm Weddà an seinà Schbielkonsol sitzd!"
De Mark ìss unnà der Laschd vunn denne ganze Schdään ìn seim Rucksacks wie e Kolledieb vòrwärds geschlirfd. De Schnauzi hodd an dà Lein gezòh und geschnaufte, als wär'à e Damplok.
Sei Herrsche, de Backes Heinz, hodd wìddà nix degehje, dass der Hund 'ne vòrwärds gezòh hadd.

Zimmlisch ferdisch senn se vòr ihrà Hausdir aankòmm. De Mark klingeld, sei Muddà machd uff – unn ìss zerigg geschreggd. Sie hadd kòrz nòh Lufd geschnabbd unn saad dann: „Endlisch senn'à dò! O Godd, wie siehn ihr dann aus! Wenn eisch jemand so gesiehn hadd! Dò muss mà sisch jò schääme."

Als de Schnauzi an ihr vòrbei ìn die Kisch gerennd ìss, hadd's Ilse eerschd gesiehn, dass die Französische Dogge reschds nur noch e halwes Ohr hodd. „Jesses! Was Ìss'n medd'em Hund loos? Um Himmels willen, was hasch'n du medd demm Hund gemachd?", baubst se ihr Mann aan. Der saad nur: „Das medd demm Ohr gleische mir aus", lossd 's Ilse an dà Hausdir schdehn unn ìss weidà gang. De Mark war schònn dòrsch de Hausflur ìn die Kisch gerennd unn ruufd: „Mama, isch hann Hungà." Sei Muddà guggd'em nòh unn ruufd: „Zueerschd gehschd du mòl unnà die Dusch, dann eerschd grìschd du was ze esse!"

'S Tina hodd sisch zunächschd noch vòr dà Dir em Hinnàgrund gehall. Als se em Flur ìn's Lischd komm ìss, hodd sei Muddà die Hänn iwwàm Kobb zesamme geschlaa. Ganz vàdutzd schdeend se: „Jesus, so vàzoddeld laafschd du uff dà Schdròòß rum! Isch hann's jò gewussd! E Berschtour ìss nix fà disch." „Ìss jò gudd, Mamma. Eerschdens war's dungel unn es hadd so aus Kiwwele geschudd dass, nìmmand uff dà Schdròòß war.

Zwäddens brauch isch schònn lang neije Kläädà." „Nix gäbbd's! Nedd schònn wìddà! Du haschd grad dei ganzes Daschegeld fà Kläädà ausgäbb. Isch fille dir nedd graad die Kass nommò uff!"

Denòh nemmd sisch 's Ilse de Heinz vòr: „Wie konndschd du denne Unsinn nur mache! Isch hann jò geahnd, dass bei der Sach nix Guddes debei rauskòmmd, awwà du muschd jò ìmmà dei Kobb dòrschsetze. Unvàandwortlisch! Nur gudd dass nedd meh passierd ìss. Isch hodd schònn Hassedeiwels Alois aangeruf unn gefròhd, ob eisch was zugeschdoß wär. Der hadd awwà nix vunn eisch gesiehn, dò hann isch gemennd, ihr kännde ìn e ausgebranndi Kammà gefall senn. Isch war schònn druff unn draan die Feijàwehr ze rufe, damedd die eisch suuchd unn redde dudd." „Mensch – es ìss nix bassierd! Alles broblemlos. Siehsche doch. 'S war e scheeni Tour." „Mann nommòl! So wie ihr hemm kòmm senn siehd's awwà nedd denòh aus!" „Fraa, haschd du die Haase unn die Dauwe gefiddàd?" „O Godd, das hann isch jò ganz vàgess!" „Vàdammd nommòl! Kann mà sisch dann garnedd uff disch vàlosse? Dò gehd mà mòl kòrz aus'em Haus, unn schònn klabbd nix meh!" „Kòrz aus'em Haus? Es ware sechs Schdunne! Du haschd das Lääwe deinà Kinnà uff's Schbiel gesetzd! Unn das vumm Hund aach. Wo ìss'n dei Vanandwordung. Dei Viehzeich hasche aach vànòhlässischd. Wenn du ìmmà wägg

gehschd unn disch de ganze Daach nedd selbschd um dei Dauwe unn Haase kimmàre kannschd, dann schaff das Viehzeich ab!" Kläänlaut frohd er dann: „Hann die Hienà aach nix gridd?" „Wenn **isch** die nedd ìmmà fiddàre dääd, dann wäre die doch schònn längschd dood!", war ihr Antword. Ihr Dochdà gehd dezwische „Jetzd beruhische eich. Die Karniggel senn fett genuch zum Iwwàlääwe. De Schnauzi unn mir senn .broblemlos dei Gebòrtsdachs-Geschenk, de „Watzmann", hoch unn runnà kòmm. Unn jetzt hann isch aach e Bäre-hungà." „Wie? Määde, ihr hann doch jede Menge Esse meddgeholl." „Ja schònn, awwà – 'em Babba ìss alles – –, es war hald äänfach ze wenisch! Beim Berschschdeije vàbrauchd mà nämlich villmeh Kalorie als beim nur Dòrumlaafe." Besorschd fròhd's Ilse de Berschfihrà Heinz: „Beschdimmd hann'á aach ze wenisch ze Drinke debei gehadd? Isch holle dir mòl zwä Flasche Bier aus'em Kellà unn dann mach isch zefòrd das Esse warm. Isch hann schònn alles ferdisch, sogar Schwengà vumm Grill, awwà ihr senn jò nedd kòmm. Dò hann isch das Esse kald geschdelld. Ìm E-Herd bròòde isch das Fleisch nommòl uff." „Gudd, mach schnell. Die Kinnà hann Hungà unn der Hund brauchd aach was."
De Mark ìss aus dà Dusch rauskòmm unn hadd sisch em Schlòòfaanzuch an de Disch gesetzd.

Er fròhd: „Gäbbd's gegrilldà Lyonà, Mama?"
„Nää mei Knäschd, Schwengà." „Òh, Schaad!
Isch hann misch so uff Lyonà gefreid." „Ei du
haschd doch graad Lyonà uff dà Berjehall
gess. Isch hann eich sogar zwä Ringel
meddgäbb!" „Jò, das schònn Mamma, awwà
der Fuchs hadd – –." De Mark schwädsd nedd
weidà, weil'à das Drama medd demm
fordgerollde Ringel nedd vàròòde wolld.
Schdadd demm hadd'à sich rausgehòlf medd:
„Unsà Schnauzi ìss ein schlauà Fuchs. Der
hadd mir mei Wòrschd abgebeddeld."
De Heinz hadd die Gruuweschuh ausgezòh,
hinnà die Kellàdir geschdelld unn sei Bier
ausgedrunk. Weil Ääs **seine** Diere nix ze
fresse gäbb hodd, saad'à ganz griesgrämich:
„Jetzd dummel disch medd deim Esse. Isch
muss das Vieh noch fiddàre unn denòh noch
dusche. Sei Dochdà wolld awwà noch vòr'm
Esse kòrz dusche. „Kòrz" war's awwà nedd!
De Heinz unn sei Sohn hodde schònn e
Zeitlang am Disch gesetzd, als de Mark saad:
„Dò ìss der Schwenkbròòde schònn längschd
wìddà kald, bis die aus dà Maske kòmmd!"
Druff ìss die junge Dame dann endlisch frisch
deodoriert unn medd restaurierde Wimpern
en die Kisch enschdolzierd.
Mit fürsorglischem Schdolz hadd's Ilse ihr
Willkommensfestmahl uff de Disch ge-
schdelld. Es hadd uffgewärmdà Schwengà,
Bròòdgrumbiere Gellàriewe- unn Mausohr-
salad, dezu Senef unn Ketchup gäbb.

De Heinz hadd noch e Bier gridd, die Kinnà ihr O-Saft unn 's Ilse schenkde sisch selbschd e Glas Rosé en. Aach de Schnauzi ìss nedd vàgess wòr. Er hadd sauwàres Wassà unn denne Knoche gridd, denne 's Ilse beim Schwengàkaafe vumm Metzjà dezu gridd hodd. All ware sadd unn e friedlisch, familljäri Schdimmung hodd sisch ìn dà Kisch brääd gemachd. 'S Ilse bemergd zefriede: „Scheen dass'à all wìddà gesund zerigg senn! Unn Heinz, 's nägschde Mòl kimmàre isch misch um die Diere. Vàschbroch!"

Abwesend saad de Heinz nur: „Vumm Schwengà schmeggd ein Schwengà bessà!"

Näwebei gesaad:
Fà 's Babs unn 's Kim war 's Tina jetzd die Greeschd. Sie hodde Tinas Gipfelbild längschd an die Facebook-Gemeinde weidà-gääb unn zollde der Berschschdeijàrin Reschbeggd als wär se ein Popstar.
De Tobi saad zum Tina: „vunn wehje Watz-mann! Mei Vaddà hadd geschdà bemergd, dass eijà Dauwe nedd geflòh senn. Er saad zu mir, isch soll mòl gugge ob isch welsche siehn dääd, isch hädd jò bessàre Aue als er. Unn was hann isch gesiehn? Kä äänzisch Daub, awwà faschd die ganz Famillje Backes uff dà Berjehall!
Ei dann, Bergheil!

Nachtrag (Lesehilfe)

Meine Muttersprache ist das rheinfränkische Saarländisch, das von Saarbrücken in nord-östlicher Richtung, über Sulzbach- und Fischbachtal hinaus, gesprochen wird.

Die Aussprache des Saarländischen variiert von Dorf zu Dorf, sogar von Stadtteil zu Stadtteil, So spiegelt sich die Herkunft der Mundart-Schreiber auch in deren Schriften wider. Es gibt keine einheitliche Schreibweise und niemand kann behaupten er/sie benütze die alleinige, gültige Form. So erlaube ich mir so zu schreiben wie ich meine Muttersprache im Ohr habe. Dabei versuche ich mit Hilfe von Akzent-Zeichen die Schrift so zu gestalten, dass es Lesern möglich wird beim Nachsprechen dem regionalen Idiom nahe zu kommen. Ich benutze u. a. Akzent-Zeichen bei **o** oder **u**, wenn deren normale Aussprache die Phonetik des Dialekts nicht trifft. Z. B. wenn ein o zum u tendiert, und umgekehrt. Meine Rheinfränkische Mundart ist keine harte Sprache, denn die harten **t**, **p**, und **k** werden meist durch weiche **d**, **b** und **g** ersetzt. Andererseits wird aus einem sanften **ch**, eigentlich immer, ein **sch**.

Ein **er**, wie in Wass**er**, wird als kurzes **à** gesprochenen, also schreibe ich auch Wass**à** (selbst im Hochdeutschen sagt kaum jemand Wass<u>er</u>).

75

Lautschrift Beispiele:

u wird zu ò (Wurst/Wòrschd);
a → ò (ja / jò; da /dò)
ei → ä; (nein / nä)
ei → e (sein / senn; Eingang / Engang)
er→ à (keiner / kännà; Hühner / Hiehnà)
ü → i (dünn / dinn); („ / „)
ö → ee (schön / scheen);
i → e (sind / senn)

Schreibweisen von Mischlauten:
i/e → ì; o/u → ò; u/o → ù;
Lang gesprochene Vokale:
o → òò; a → aa;

Weitere Bücher von Günter Diesel

Kohlenstaub und Lustfluchten / Aus dem Leben eines Saarländers
ISBN 9783739214221

Öko Üblich. der Umweltschützer /
Ironische Erinnerungen in Gedichtform
ISBN 9 783732 298884

Glühwürmchen u. Lyonerratten / kuriose Geschichten ; zweisprachig
ISBN 9 7837392 15884

Die Reise des Flauschi Weißpelz / Grönland-Afrika und zurück
Jugendbuch / 48 S. / 57 Bilder
ISBN 9 783748130000

Die Besteigung des Mount Maybach (Hochdeutsche Fassung)
ISBN 9 0783752 8877464

Der Letzte war ein Gentleman / Kriminalroman / Rosen vor dem Tod
ISBN 9 0783754 346150